GREGORIO COLISTRA

LA RESISTENZA AL NAZIFASCISMO

Supporto tecnico
Pubblishop, Via Palmiro Togliatti, Maida

Impaginazione
Sara Serratore

Correzione bozze
Giuseppe Donato

Copertina, controllo qualità, coordinamento
organizzativo e tecnico
Gregorio Colistra

ISBN-13: 978-8894339130

Non piangetemi, non chiamatemi povero.
Muoio per aver seguito un'idea.
Guglielmo Jervis

In memoria dei compagni caduti
nella speranza che varrà in qualche modo
a far ricordare
quello che con il loro sacrificio
fecero per la liberazione della Patria

Non piangetemi, non chiamatemi povero.
Muoio per aver seguito un'idea.
Guglielmo Jervis

In memoria dei compagni caduti
nella speranza che varrà in qualche modo
a far ricordare
quello che con il loro sacrificio
fecero per la liberazione della Patria

PREFAZIONE

Il libro "La Resistenza al Nazifascismo" non è solo l'ultima fatica dell'autore e concittadino Gregorio Colistra, ma è anche il suo libro più sorprendente.

Sorprende per la normalità degli argomenti, che sottolineano l'importanza e la originalità della Resistenza, una delle pagine più tragiche della storia italiana.

Lo fa ricordando due figure eroiche, il generale dei carabinieri Filippo Caruso e il vicebrigadiere Domenico Antonio Petruzza, entrambi calabresi, a sottolineare che non pochi furono i casi di meridionali coinvolti nelle vicende della Resistenza dal giogo nazifascista.

Sfogliando il libro si trovano documenti storici rilevanti. La lettera datata 23.03.1967 del prosindaco di Venaria Reale indirizzata al sindaco pro tempore di Maida, Luigi Scicchitano, testimonia il lavoro di ricerca continuo e approfondito che Gregorio porta avanti da decenni sulle vicende storiche e politiche della nostra comunità. In essa è riportato l'eroismo e la tragica morte del vicebrigadiere Domenico Antonio Petruzza "catturato, ferito, viene soppresso sul posto e legato sul cofano di un'autoblinda e portato in giro per le vie della città. Quanto sopra è quanto ho potuto conoscere da un comandante partigiano."

Gregorio ci sorprende anche perché, in un momento storico in cui l'Europa è interessata da fenomeni di nazionalismo, razzismo e xenofobia e la sinistra sembra aver perso il contatto con quei valori storici che ne hanno rappresentato per decenni la bussola, egli riprende a modo suo, cioè con forte passione e idealismo, quei valori di cui la sinistra ancora oggi ha tanto bisogno.

Figure come Filippo Caruso, Domenico Antonio Petruzza e altri personaggi ricordati nel libro, come i fratelli Cervi, Lauro De Bosis, sono tra i protagonisti meno conosciuti, ma altrettanto importanti, di quella stagione che concluderà gli anni della dittatura per sfociare nella Democrazia e nella Repubblica Italiana.

Un doveroso grazie a Gregorio Colistra per questo suo ennesimo contributo alla memoria storica e al ricordo di valori e ideali nati da uno dei periodi più importanti della storia contemporanea.

Maida, 7 aprile 2019

Il Sindaco
Salvatore Paone

PRESENTAZIONE

Ad onor del vero, non appena ho avuto fra le mani l'ultima fatica di Gregorio Colistra: "La resistenza al Nazifascismo", mi sono subito chiesto: ma è ancora necessario scrivere sulla e della Resistenza? A distanza di quasi ottant'anni da quei fatti e dopo innumerevoli pubblicazioni e testimonianze su quei giorni tristi e terribili? Con questa domanda, venata di scetticismo, ho iniziato a leggere, ed un po' per volta, pagina dopo pagina, a quella mia prima domanda, le risposte positive si succedevano e mi inducevano a riporre lo scetticismo iniziale. Tanto da arrivare alla fine e convincermi che Colistra era riuscito a farmi cambiare idea, per una serie di motivi, che inizialmente non avevo preso in considerazione. È vero, della Resistenza, si è scritto e parlato tanto, è diventata uno dei motivi fondanti della nostra democrazia ed è la base su cui si fonda la nostra Costituzione. Motivo di orgoglio nazionale e di riscatto dell'onore di un popolo nei confronti di quelle nazioni e di quelle genti che a causa del fascismo hanno dovuto subire distruzione e morte. Ancor oggi il suo inno: "Bella ciao" risuona in tutte le manifestazioni non solo italiane, per inneggiare alla libertà dei popoli oppressi e alla volontà di resistere alle sopraffazioni, agli sfruttamenti, alla mancanza di libertà e di democrazia. Il che sta a dimostrare, che la democrazia non è una conquista assoluta e definitiva, ma va difesa giorno per giorno là dove oggi esiste, e rivendicata e conquistata a costo di enormi sacrifici là dove viene soppressa. Ed in questi nostri tempi bui, dominati dalla superficialità, dal qualunquismo e dall'individualismo più tracotante, il pericolo di pulsioni autoritarie e demagogiche è sempre dietro l'angolo. Ragion per cui rammentare e onorare uomini e donne che hanno contribuito, con il loro sacrificio, a garantirci libertà e democrazia, è opera buona e giusta. Ancor di più lo è nella nostra amata e derelitta Calabria, che in verità, e volendo essere franchi ed onesti fino in fondo, poco ha dato e poco ha contribuito a quei tempi, a quella rivolta di popolo, che invece tanto ha coinvolto le popolazioni del nord e centro Italia. Nel sud del nostro Paese, questa volontà di riscatto, questa necessità vitale di riconquistare la democrazia e la libertà, è stata percepita solo e soltanto da pochissime menti illuminate. E bene ha fatto Colistra nell'andare a tratteggiare e rammentare le due fulgide figure di Antonio Petruzza e Filippo Caruso, probabilmente ignote ai più, oggi come ieri. D'altronde, nelle nostre terre la Resistenza è stata vissuta di rimbalzo, come un eco lontano, ma mai con partecipazione attiva. Solo e soltanto il PCI di allora, a mia memoria, ne rammentava la valenza e ne perpetuava il ricordo. Se ne disinteressava la scuola, che nei suoi programmi di storia arrivava appena ad analizzare e studiare la prima guerra mondiale, non se ne faceva carico l'allora partito dominante, la DC, che inglobava fra le sue fila molta parte del vecchio partito fascista e dei suoi esponenti più in vista, che dopo l'armistizio si erano precipitati a buttare alle ortiche la camicia nera e a cambiare rapidamente casacca, per occupare con disinvoltura ed arroganza le stesse poltrone del potere. Il che ha determinato una nuova forma di resistenza democratica, non più armata, come i fatti successivi all'attentato a Togliatti hanno pienamente dimostrato. Vi è stata una resistenza all'insegna della democrazia, del diritto, ed in questa fase la gente calabra, gli operai, i contadini gli immigrati e gli studenti hanno dato un forte contributo per la conquista dei diritti dei lavoratori e la difesa della Repubblica e della sua costituzione. A dimostrazione che la Resistenza, intesa come difesa e salvaguardia dei diritti fondamentali dell'uomo e del cittadino, non si esaurisce in un determinato tempo storico, ma continua e vive in tutta la storia dell'umanità, ieri come oggi e come certamente sarà anche domani. Ed in virtù di quanto sopra detto e di questi principi inalienabili, debbo ammettere che Colistra ha fatto un'opera meritoria, di cui dobbiamo ringraziarlo, io per primo. E a tal proposito voglio sottolineare un passaggio del suo libro che mi ha colpito particolarmente e che dovrebbe servire da monito agli italiani di oggi e a quelli che verranno: "Nel celebrare la Resistenza, noi ci illudiamo di essere vivi e di ricordare i morti, e non ci accorgiamo che sono loro, i morti, che ci convocano, come a un tribunale invisibile, per rendere conto di quello che in questi anni, abbiamo fatto per non essere indegni di loro". Chiediamocelo e rispondiamoci con estrema sincerità: siamo stati degni? Personalmente non ne sono convinto, un minimo di rossore dovrebbe imporporare le nostre guance, ammesso che il senso della vergogna ancora alligni in questo nostro Paese. Grazie Gregorio.

Roma, 13 dicembre 2018

Carmelo Zungrone

PREMESSA

La storia della Resistenza italiana contro i tedeschi e i fascisti dal 1943 al 1945, alla quale partecipano in modo più o meno attivo tutti gli strati del popolo italiano, ha una sua premessa indispensabile nella Resistenza opposta da singoli uomini, da partiti o movimenti politici e da strati interi della popolazione contro la distruzione delle pubbliche libertà (di associazione, di stampa, di riunione) consumata nel primo dopoguerra dal fascismo. Questa lotta si manifesta all'inizio, e precisamente dal 1919 al 1922, come Resistenza alle violenze degli squadristi che, con l'acquiescenza occulta o palese dei governi «liberali», incendiavano Camere del lavoro, sedi di partito, di giornali e di cooperative, bastonavano e sopprimevano i militanti di partiti democratici. In seguito diventa "lotta contro il fascismo" giunto al potere attraverso tutta una serie di atti illegali e grazie all'appoggio decisivo avuto nell'ottobre 1922 dalla monarchia. Questo secondo periodo, che va all'incirca dal 1922 al 1927, è caratterizzato dalle elezioni-truffa del 1924, dal successivo assassinio del deputato socialista Giacomo Matteotti, dalla cosiddetta secessione aventiniana, dal discorso del 3 gennaio 1925, e infine dalle leggi eccezionali del 1926, che sanciscono definitivamente la soppressione di ogni libertà: il 9 novembre 1926 vengono infatti disciolti i partiti di opposizione, incriminati i dirigenti comunisti (che vengono posti sotto accusa per "reati" commessi sei anni prima, come l'occupazione delle fabbriche); e i parlamentari, che si erano ritirati sull'Aventino, vengono dichiarati decaduti. Questi due primi periodi sono caratterizzati da una violentissima azione contro gli operai e le loro organizzazioni e partiti, che nel dopoguerra avevano avuto un grande sviluppo e minacciavano (pur difettando di chiarezza politica) le posizioni economiche delle classi degli industriali che sostennero o direttamente finanziarono il movimento fascista.

In questa violenta azione di repressione muoiono centinaia e centinaia di elementi democratici (assai poche, in confronto sono le uccisioni di fascisti, per lo più squadristi, ma straordinariamente messe in rilievo dalla stampa legata al padronato). Il numero delle vittime dello squadrismo fascista non è stato mai accertato, ma si calcola intorno alle due - tremila persone.

Con le leggi eccezionali del novembre 1926 viene sanzionata tutta l'attività condotta negli anni precedenti dalle "squadre" per debellare ogni opposizione. C'erano voluti sei anni per raggiungere l'obiettivo, nonostante la relativa debolezza delle organizzazioni e dei partiti democratici, assolutamente impreparati a una lotta armata: l'unico partito che aveva sostenuto la necessità di combattere il fascismo con le armi era stato infatti il partito comunista, sorto nel 1921, non ancora numericamente forte né politicamente compatto. Ora però, incarcerati o uccisi o costretti a esulare i principali oppositori del regime, da don Giovanni Minzoni a Piero Gobetti, da Antonio Gramsci a Giovanni Amendola, da Giacomo Matteotti a Carlo Rosselli (che nel novembre del 1926 aveva organizzato insieme a Ferruccio Parri e ad Alessandro Pertini la fuga all'estero di Filippo Turati, strettamente sorvegliato dalla polizia fascista), la resistenza al fascismo continua dal 1927 al 1943 come lotta di esuli all'estero o come lotta clandestina in Italia. Vedremo poi come all'interno di questo lungo periodo si possa stabilire una svolta essenziale per il futuro sviluppo della Resistenza.

L'emigrazione all'estero, in ogni caso, non è solo un fatto di singoli esponenti politici, è un fatto di massa, che coinvolge centinaia di migliaia di persone, la cui meta è soprattutto la Francia (si calcola che in un anno centomila italiani, soprattutto operai, si trasferirono nel dipartimento della Senna). È in Francia che gli esponenti politici dei partiti aventiniani si riuniscono nel 1927 in una "concentrazione antifascista", cui non partecipa il Partito Popolare che non si è più ricostituito dopo lo scioglimento. Sempre in Francia i comunisti, il cui Comitato centrale è stato arrestato quasi al completo, costituiscono un centro estero, diretto da Togliatti, con lo scopo di alimentare ininterrottamente la lotta in Italia. Questo centro svolge anche una azione di carattere ideologico attraverso la rivista teorica «Lo Stato Operaio». Nel 1929 i fratelli Carlo e Nello Rosselli, Lussu, Cianca, Fausto Nitti, Ernesto Rossi, Francesco Fancello e altri fondano in Italia e in Francia, il movimento «Giustizia e Libertà» che, oltre a essere attivo nel paese esercita anche una notevole influenza nei circoli culturali attraverso i «Quaderni di Giustizia e Libertà», dove scrivevano tra gli altri Leone Ginzburg, Salvatorelli e De Ruggiero.

In Italia, intanto il fascismo si consolida al potere, diventa vero e proprio regime, e usa tutte le maschere possibili per giustificare il proprio dominio, di volta in volta repubblicano e monarchico, anticlericale e bigotto, pacifista e guerrafondaio. Sempre più dura e più difficile diviene la lotta dei gruppi antifascisti. Nel 1928 trentasette dirigenti comunisti (tra cui Gramsci, Terracini, Scoccimarro e Roveda) vengono condannati a complessivi duecentotrentotto anni di carcere. Nel 1929 viene arrestato e incarcerato Pertini che era rientrato in Italia allo scopo di ricostituire l'organizzazione clandestina del partito socialista. Nel 1930 ventiquattro militanti del movimento «Giustizia e Libertà», tra cui Ernesto Rossi e Riccardo Bauer, vengono condannati a durissime pene. Nel 1931 rientra in Italia Pietro Secchia, ma arrestato, viene condannato a diciotto anni di carcere. In complesso, solo nel primo decennio di applicazione delle leggi eccezionali il Tribunale speciale condanna duemilanovecentosettantasette antifascisti a quattordicimilaquattrocentocinquantotto anni di carcere: è questa la dimostrazione perentoria che - come aveva detto Matteotti - le persone possono essere uccise, le idee mai.

Anni difficili sono questi per il popolo italiano, i cui problemi non vengono risolti ma aggravati dal fascismo, per il popolo italiano vittima della violenza e dell'inganno e pure capace di profondi sussulti e reazioni. L'opposizione al fascismo non è solo quella che si collega al passato, all'esempio di chi mantiene vivo il ricordo della libertà, ma è anche quella che nasce continuamente all'interno stesso del regime da parte delle nuove generazioni, ignare per lo più della lotta e del sacrificio che i martiri antifascisti affrontano nelle carceri e nell'esilio, soggette all'inganno della retorica fascista sui "destini della Patria" eppure capaci di sottrarsi - spesso con le sole proprie forze - a quell'inganno, non appena possono misurare l'enorme distanza che corre tra le promesse del regime e la realtà dei fatti. I giovani intellettuali, in particolare, trovano *nell'opera di Benedetto Croce, e nella sua rivista «La Critica», un aiuto e un impulso in questo lungo cammino verso le idee di libertà.*

Per tracciare adeguatamente la storia della Resistenza armata del periodo 1943-45 sarebbe necessario ripercorrere tutto il cammino dei gruppi antifascisti e del popolo italiano nel ventennio: non c'è episodio di opposizione a regime, sia l'arresto e la condanna di un elemento «antinazionale» (poiché così la dittatura qualificava chi teneva fede ai principi che avevano costituito in Stato unitario la nazione italiana), sia uno sciopero operaio (ché mai gli operai cessavano di individuare nel fascismo l'espressione della reazione sociale), sia una rivolta contadina (le campagne, specie nel Mezzogiorno, restano nella miseria e alla miseria reagiscono con improvvise vampate di ribellione); non c'è episodio, per quanto ignorato e sepolto sotto la grave coltre dell' «Italia fascista», che non si possa ricollocare al periodo della Resistenza armata, che non rappresenti un remoto e pure necessario antecedente di ciò che accadrà nella guerra partigiana.

Ma noi pensiamo che, pur ammettendo la continuità della Resistenza, si possa tuttavia stabilire, con sufficiente esattezza una «svolta» al di là della quale già si affaccia, coi suoi problemi e con le sue caratteristiche essenziali, la storia del biennio 1943-45. Una svolta determinata non dalle date interne del regime fascista e nemmeno da quelle relative ai gruppi dei suoi oppositori, dal sorgere o dal consolidarsi di questo o quel movimento o partito antifascista, ma da un avvenimento di importanza europea, anzi mondiale: l'avvento al potere di Hitler al principio del 1933, il risorgere minaccioso dell'imperialismo tedesco, le tappe accelerate percorse verso il riarmo della Germania nazista con il consenso o la mancata opposizione delle potenze occidentali. Da questa data o da questo periodo appunto, il fascismo da fenomeno «italiano» diventa fenomeno «europeo», la lunga polemica interna all'antifascismo italiano sulla "natura" del fascismo (ricollegata o no alla lotta delle classi, considerata come un fatto "patologico" della società nazionale oppure come un risultato della carenza dello Stato liberale) viene risolta o sopravanzata dalla forza dei fatti, e i motivi di unità fra le correnti antifasciste diventano più forti dei motivi di divisione. Si scioglie nel 1934 la «Concentrazione» di Parigi, diretta erede dell'antifascismo aventiniano, viene firmato nello stesso anno il primo patto di unità d'azione fra socialisti e comunisti, la situazione generale europea è in movimento. L'Unione Sovietica entra nella

Società delle nazioni e stipula convenzioni di assistenza in caso di aggressione con la Francia e con la Cecoslovacchia, direttamente minacciate dal pericolo nazista. Sfruttando l'allarme gettato in Europa da Hitler e spergiurando di farsi garante fino all'ultimo dell'indipendenza austriaca, Mussolini, dopo aver ottenuto nei colloqui con Laval il consenso francese si getta sull'Etiopia a dimostrazione della "potenza militare fascista" (usata contro un popolo pressoché inerme) e presenta la guerra come unico mezzo per soddisfare la fame di terra e di lavoro delle nuove generazioni, in cui fermenta la disillusione per le mancate riforme sociali. Nel 1935, secondo i dati ufficiali del regime, i disoccupati in Italia erano circa 650 mila, cioè assai più che nell'immediato periodo post-bellico. Da questo stesso anno il fascismo decreta che il problema della disoccupazione è risolto, vietando la pubblicazione di ogni dato statistico, e impone a tutta la nazione quella bardatura di guerra (corporazioni, ammassi, vincolo dei prezzi, autarchia) che prende occasione dalle assai blande sanzioni stabilite dalla Società delle nazioni per l'aggressione all'Etiopia, e che, mentre non risolve nessun problema di fondo della preparazione bellica, torna a sicuro e indiscusso vantaggio dei gruppi monopolistici che hanno mandato e mantenuto al potere il fascismo e che si rafforzano straordinariamente in questo periodo. Mentre più aggressiva si fa la politica di Hitler e di Mussolini, d'altra parte si allarga in Europa, con la costituzione del «Fronte popolare» in Francia e con la vittoria elettorale del movimento democratico in Spagna, l'opposizione alla minaccia fascista.

È in Spagna che si ha il primo conflitto, il primo urto violento tra le forze della reazione e quelle del progresso, per opera del generale ribelle Franco, che, alla testa delle sue truppe marocchine, sbarca sul territorio spagnolo per abbattere la Repubblica democratica. Egli è sostenuto dall'intervento dei fascisti italiani e tedeschi (il "non intervento" anglo-francese praticamente giocò a sfavore della Repubblica) mentre a fianco del popolo spagnolo, che combatté per la sua libertà e indipendenza, accorrono democratici d'ogni paese. Le forze schierate a difesa della libera Repubblica spagnola già rappresentano la futura coalizione antinazista, mentre i volontari italiani e tedeschi separano con la loro presenza e il loro sacrificio le responsabilità dei propri popoli dai regimi d'oppressione e d'aggressione che li governano. La guerra di Spagna è il primo banco di prova dell'unità della Resistenza italiana: comunisti, socialisti, repubblicani, anarchici sono fianco a fianco nella lotta comune. Oltre seicento caduti e duemila feriti su tremila combattenti sono il contributo dato dai volontari italiani alla difesa alla libera Repubblica spagnola; i superstiti saranno poi tra i principali dirigenti della guerra partigiana in Italia.

Brilla cupa la vampata del bombardamento di Guernica, annuncio delle stragi di massa della seconda guerra mondiale: il pittore spagnolo Pablo Picasso ammonisce l'umanità della tragedia imminente. Ma se già in Spagna si incontrano i combattenti per la libertà di tutti i popoli europei e d'oltre Oceano, ben lontana è ancora l'intesa fra Stati e governi contro la minaccia nazifascista, anzi libero e aperto è il varco a ogni aggressione di Hitler e di Mussolini, sempre più tra cotanti e sicuri della propria impunità.

Nel nostro paese il fascismo, partecipando alla guerra di Spagna dalla parte delle più vecchie e imputridite caste reazionarie, fa cadere dal proprio volto la maschera della demagogia sociale. Si accentua nelle fabbriche l'opposizione e la lotta mai interrotta al regime, si organizza in modo sempre più vasto l'opera di assistenza ai combattenti e ai perseguitati antifascisti («Soccorso Rosso»). Al tempo stesso il regime, con il sistema dell'autarchia, alimenta il disagio economico anche fra strati sociali, come la piccola borghesia cittadina e agricola, che avevano prima costituito la sua relativa "base di massa". Per reprimere il malcontento, inasprisce il vecchio sistema del terrore poliziesco: aumenta il ritmo di lavoro del Tribunale speciale (172 antifascisti condannati nel 1937 a 992 anni di carcere, 298 antifascisti condannati nel 1938 a 1.597 anni di carcere). Viene arrestato il gruppo di Milano che fa da capo a Rodolfo Morandi. Vengono uccisi in Francia da sicari assoldati dallo spionaggio fascista Carlo e Nello Rosselli; muore a Roma, dopo dieci anni di carcere e di stenti, Antonio Gramsci.

Il fascismo può ancora dominare all'interno, ma ormai, in campo internazionale, l'iniziativa è passata nelle mani del più potente alleato nazista, che inizia la serie ininterrotta d'aggressioni che sfocerà nella seconda guerra mondiale. Le truppe del Reich entrano a Vienna il 12 marzo 1938 (ancora agonizza la libertà in Spagna) e Mussolini plaude a un avvenimento profondamente contrario agli interessi dell'Italia, che ci mette a diretto contatto con un vicino forte e temibile come il Terzo Reich. Da questo momento l'unica sua preoccupazione sembra quello di emulare servilmente Hitler in ogni sua impresa: ed egli comincia con *l'introduzione in Italia, dove in realtà la «questione ebraica», per sua stessa ammissione, non era mai esistita, la persecuzione razziale, colpendo alla cieca uomini di scienza (come Fermi, che, colpito negli affetti familiari, riparò in America), eliminando dalle file dell'insegnamento e dell'esercito quadri di prim'ordine, non risparmiando nemmeno valorosi ex combattenti della prima guerra mondiale (e sollecitando il rinascere o il rinvigorirsi dell'opposizione di vasti strati cattolici contro l'ideologia "razzista", negatrice dell'unità del genere umano).*

Purtroppo il nazismo, invece di trovare ostacoli sulla sua strada, è facilitato nella sua espansione violenta da chi conta di poter indirizzare la sua spinta aggressiva verso l'Est, dove cresce e si sviluppa uno Stato con una nuova struttura sociale, che già i governanti inglesi (tra cui in prima linea Churchill), francesi e americani avevano tentato invano di abbattere al suo sorgere nel 1918-20, l'Unione Sovietica. L'accordo di Monaco (29-30 settembre 1938) tra le potenze occidentali e la Germania hitleriana, in cui Mussolini può presentarsi come intermediario, autorizza Hitler a occupare i suddetti, sanzionando così il nuovo Drang nach Osten, dando così praticamente via libera a Hitler perché aggredisca lo Stato del socialismo. Questo atteggiamento delle potenze occidentali sacrifica l'indipendenza della Cecoslovacchia, mentre l'Unione Sovietica, dichiaratasi ancora disposta a garantirla, resta totalmente isolata in Europa. Dopo l'accordo di Monaco più nulla arresta Hitler. Nel marzo 1939 le truppe naziste valicano il confine cecoslovacco, nell'aprile Mussolini aggredisce l'Albania, nel maggio è firmato il «Patto di acciaio», che impegna l'Italia alla soggezione militare e politica verso la Germania nazista.

Ormai la seconda guerra mondiale è alle porte. L'Unione Sovietica, isolata dagli accordi di Monaco, difende la sua esistenza e cerca di allontanare da sé, almeno provvisoriamente, il pericolo mortale, firmando nell'agosto un patto di non aggressione con la Germania. Le potenze occidentali, con cui l'URSS ha inutilmente trattato per un impegno concreto di alleanza difensiva, si fanno ora garanti dell'indipendenza polacca. Ma è troppo tardi. Hitler, che aveva già potuto occupare l'Austria e la Cecoslovacchia, non crede che le potenze occidentali rischieranno una guerra per venire in soccorso della Polonia; né lo afferma la comunicazione di Mussolini che l'Italia non è in grado di affrontare una guerra entro i successivi tre anni. Così, con l'attraversamento del confine polacco da parte delle truppe tedesche, il primo settembre 1939, scoppia la seconda guerra mondiale e scoppia in modo del tutto imprevisto: Hitler ancora fiducioso nella neutralità "occidentale", Mussolini avvertito a cose già fatte è costretto a dichiarare la non "belligeranza" per l'assoluta impreparazione bellica. Francia e Inghilterra dichiarano la guerra il 3 settembre e si trincerano dietro la linea Maginot, illudendosi della sua inviolabilità. Churchill riconosce il primo ottobre alla radio britannica: "Che le armate russe dovessero trovarsi su questa linea era assolutamente indispensabile per la sicurezza della Russia contro la minaccia tedesca". La guerra scoppia sulla base di queste inaspettate posizioni reciproche, e gli stessi rappresentanti delle potenze occidentali intervenute nel primo urto hanno cura di chiarire - come il primo ministro Daladier - che non si tratta di "guerra ideologica". Poiché essa diventi guerra o lotta a fondo tra nazismo e democrazia, fra barbarie e civiltà occorre che si mettano in moto, che si sviluppino nel suo corso due elementi:

primo: il prevalere nel campo occidentale degli ideali antifascisti, il sorgere della Resistenza europea dal cuore dei popoli oppressi;

secondo: l'allineamento, sullo stesso fronte di lotta contro i nemici dell'umanità, dei popoli e degli Stati amanti della pace.

Difficile è il cammino verso la costituzione del «fronte unico» mondiale contro il nazifascismo, le cui tappe decisive sono, nel 1941, l'attacco tedesco all'URSS e l'attacco giapponese a Pearl Harbur. Nel corso di questo difficile cammino l'antifascismo italiano si avvia verso una più larga unità, la quale, proprio perché preparata da un ventennio di lotta, da lunghe e dolorose esperienze a una sua propria interna vitalità, caratteristiche autonome e inconfondibili, spesso precede e non aspetta l'evolversi della situazione generale.

Nel periodo della non belligeranza, il conte Sforza si rivolge al re per scongiurarlo di tenere l'Italia fuori dalla guerra. Nel giugno 1940, subito dopo l'entrata in guerra, il Pci rivolge un appello al popolo italiano dichiarandosi «disposto a collaborare con tutti i partiti, organizzazioni e gruppi che siano disposti a lottare effettivamente per la realizzazione delle misure proposte: cessazione immediata delle operazioni militari, pace senza annessioni territoriali, condanna dei gerarchi fascisti, ripristino delle libertà civili e politiche». Ai punti opposti dello schieramento antifascista unica è la preoccupazione: salvare l'Italia dalla catastrofe.

Il fascismo corre invece ciecamente incontro ad essa. Mussolini conosce perfettamente i dati dell'impreparazione bellica, comunicatigli dai vari responsabili delle grandi Forze armate; sperperati in Etiopia e in Spagna armi e materiali, l'esercito dell'«Italia imperiale» era assi inferiore a quello del primo conflitto mondiale. Le artiglierie minori erano costruite dalla preda bellica dal 1915-18; i fucili, ancora del vecchio modello '91 erano 1.300.000, invece degli «otto milioni di baionette» vantati da Mussolini; i carri armati non più di quattrocento e tutti "formato tascabile" (tre tonnellate!). L'aeronautica aveva non più di 1.400 apparecchi in grado di volare. L'unica forza armata efficiente era la marina, cioè proprio quella che era stata meno inquinata dal fascismo; ma anch'essa aveva il proprio tallone d'Achille, rappresentato dalla mancanza di un'adeguata protezione aerea e dalla penuria di carburante. Antiquata l'attrezzatura industriale, del tutto insufficiente o, in certi settori vitali, affatto esistenti le scorte. Ma la guerra - pensa il dittatore fascista - sarà rapida, sarà poco più di una grande parata per via dell'Impero: bastano «poche migliaia di morti per sedere al tavolo della pace», per partecipare alla spartizione del bottino. L'unica sua preoccupazione è quella di non restare indietro alla vittoria tedesca, ed egli non sembra nemmeno sospettare che la vittoria tedesca non rappresenterebbe altro che la definitiva sanzione dell'asservimento italiano al potente «alleato». Su questa strada lo spingono i gruppi privilegiati che lo hanno portato e mantenuto al potere e che ora si ripromettono di sfruttare «i vasti mercati che le vittorie e lo spirito di collaborazione dell'Asse assegneranno all'Italia» (dichiarazione di Agnelli all'assemblea generale degli azionisti della Fiat).

Tutta la guerra fascista si svolge così senza un piano preordinato, con l'unico filo conduttore di arrivare «prima di Hitler» in questo o quel settore del conflitto per avere un po' di voce in capitolo al momento della spartizione della preda. In Grecia, in Africa, in Unione Sovietica il fascismo disperde ai quattro venti l'esercito italiano facendolo ovunque combattere in condizioni permanenti e avvilenti di inferiorità. In Grecia, dove i mortai da 81, forniti in gran copia all'esercito ellenico poco prima del conflitto dagli stessi industriali fascisti, fanno strage dei nostri soldati; in Africa dove si affronta la campagna nel deserto senza adeguati mezzi meccanizzati, con i ridicoli e tragici "carri armati giocattolo"; in Unione Sovietica, dove si tiene il fronte del Don senza pezzi anticarro, dove le artiglierie mancano di munizioni e le truppe di automezzi.

Da una parte lo sviluppo della guerra mostra l'incapacità e la follia criminosa del fascismo, dall'altra vede ribadita la servitù fascista al più potente alleato: i nostri soldati dall'Africa all'Unione Sovietica, sono gettati allo sbaraglio dai nazisti e poi abbandonati. Così la guerra diventa, per le nuove generazioni, la più precisa e la più dura scuola di antifascismo. I combattenti constatano giorno per giorno la corruzione del regime, sono già convinti, nella loro grande maggioranza, che al loro ritorno in patria, la situazione dovrà mutare dalle fondamenta, che dovrà crollare la dittatura ventennale. E coloro che vengono a contatto con i popoli oppressi scoprono tutt'intera la verità e rifiutano spesso di farsi strumento cieco della dominazione nazifascista. Spesso basta un attimo, un episodio da nulla, per riconoscere, come all'improvviso che «gli altri hanno ragione», per far nascere nella coscienza il primo e indistruttibile germe della rivolta morale, quel germe che maturerà e verrà alla luce nelle tragiche giornate successive all'8 settembre.

È titolo di merito dell'antifascismo aver saputo indicare la via della salvezza nei momenti più difficili, quando Hitler trionfava in Europa, quando la vittoria dell'Asse sembrava a portata di mano. È dell'ottobre 1941, del mese cioè in cui l'occupazione nazista toccava la sua massima espansione dall'Atlantico alle porte di Mosca e Leningrado, l'appello lanciato da «un gruppo di militanti del Partito socialista italiano, Movimento Giustizia e Libertà, Partito comunista italiano», convenuti a Tolosa per la costituzione dei «Comitati d'azione per l'unione del popolo». L'unione è la fondamentale esigenza del momento e gli antifascisti si dichiararono «pronti ad allearsi con tutti quei movimenti sociali, politici, religiosi, culturali che per una ragione o per l'altra sono pronti a imporre il "basta" alla guerra che il fascismo conduce nell'interesse di Hitler e della rapace plutocrazia fascista». «Rivolgiamo il nostro appello alle correnti liberali, democratiche, cattoliche, ispirate da ideali di libertà e fraternità... Ci rivolgiamo anche a tutti coloro che non vogliono più oltre sopportare la terribile responsabilità dell'attuale politica del governo fascista, a tutti coloro che ingannati dalla propaganda fascista aprono gli occhi alla realtà, alle grandi masse giovanili che si destano alla coscienza politica in questo tragico momento della storia italiana». Il programma è «pace separata, ritiro delle truppe italiane dai fronti di guerra, via gli oppressori hitleriani dall'Italia, via

Mussolini dal potere, libertà di stampa, di associazione, di parola, restituzione al popolo italiano della sovrana sua prerogativa di darsi il governo che risponde alla sua volontà e ai suoi interessi».

L'appello deve passare la frontiera, diffondersi a costo di mille sacrifici oscuri, percorrere i sentieri angusti della cospirazione clandestina prima di dare i suoi frutti nel paese. Si mantiene infatti costante fino all'ultimo la repressione poliziesca che colpisce strati più vasti della popolazione, dagli operai agli studenti e agli uomini di cultura.

È dell'estate 1942 (i nazisti sono arrivati a Stalingrado e le armate italo-tedesche premono su Alessandria) l'allargamento dell'opposizione antifascista, il sorgere continuo di nuovi gruppi, lo stabilirsi di nuovi contatti, la maturazione dell'Unità. Sorge nel luglio il Partito d'Azione, in cui confluiscono antifascisti di varie tendenze, liberali, repubblicani e liberal-socialisti. Si costituisce a Torino sulla base del programma di Tolosa, il primo «Comitato di Fronte Nazionale» costituito dai rappresentanti dai partiti socialista, comunista, democristiano e d'azione. Lo stesso avviene a Milano e nei maggiori centri del Nord. A Roma l'opposizione liberale si raccoglie intorno alla figura preminente di Bonomi. Rinasce in Italia la stampa clandestina, appaiono l'Unità, l'Italia libera e l'Avanti! che vengono diffusi sempre più largamente.

Intanto, in Africa settentrionale, il fascismo faceva subire alle nostre truppe nuove umiliazioni e nuove sconfitte: la danzata su Alessandria si tramutava in una terribile rotta nel corso della quale le nostre migliori divisioni venivano sacrificati a Rommel e nell'Africa nord-occidentale l'avanzata delle truppe americane sbarcate nel novembre con grande spiegamento di forze aeronavali viene invano contrastata dalle forze italo-tedesche al comando di Von Arnim. Nella campagna di Tunisia che si prolungherà fino al maggio 1943, l'esercito italiano logora le sue forze residue mentre resta sguarnito il territorio nazionale.

LA RESISTENZA AL NAZIFASCISMO

Cercare che cosa fu la Resistenza, vuol dire indagare dentro di noi che cosa è rimasto di vivo della Resistenza nelle nostre coscienze; che cosa si è tramandato in noi di durevole e quotidiano da quel tempo leggendario, e che cosa ci sentiamo ancora capaci di tramandare di quel tempo a coloro che verranno dopo di noi: se veramente, da quel che di nuovo accadde allora nel mondo, qualcosa si è rinnovato dentro di noi e intorno a noi.

Oppure se, chiuso quel periodo d'altri tempi, tutto è ritornato come prima, e rimarrà soltanto l'inutile rimpianto e il rammarico avvilente di non essere stati degni di quel monito, trasvolato via, occasione per sempre perduta, in quel periodo eroico.

Mai come questa volta è vero che scrivere del passato vuol dire guardare dentro di noi e fare il nostro esame di coscienza.

Negli studi che si fanno per ricordare la Resistenza, noi che celebriamo i morti, ci illudiamo di essere vivi. E non ci accorgiamo che sono loro, i morti, che ci convocano, come a un tribunale invisibile, a rendere conto di quello che in questi anni - da allora ad oggi - possiamo aver fatto per non essere indegni di loro, noi vivi.

In tutte le celebrazioni torna una verità elementare e cioè che nelle lettere dei condannati a morte è espressa una naturale e semplice certezza: che i morti non hanno considerato la loro fine come una conclusione e come punto di arrivo, ma piuttosto come un punto di partenza, come una premessa che doveva segnare ai superstiti il cammino verso l'avvenire.

Questa non è retorica, non è un artificio pietoso destinato ai familiari per averli perduti; è che veramente noi sentiamo, quasi con la immediatezza di una percezione fisica, che quei morti sono entrati a far parte della nostra vita, come se morendo avessero arricchito il nostro spirito di una presenza silenziosa e vigile, con la quale ad ogni istante, nel segreto della nostra coscienza, dobbiamo tornare a fare i conti.

Quando pensiamo a loro per giudicarli ci accorgiamo che sono loro che giudicano noi: è la nostra vita che può dare un significato e una ragione rasserenatrice e consolante alla loro morte e dipende da noi farli vivere o farli morire per sempre.

Settantacinque anni.

Ricordate, (e ci rivolgiamo naturalmente a chi ha vissuto quegli anni amari) ma anche alle nuove generazioni, perché prendano coscienza della realtà in cui si trovava l'Italia allora, in che condizione era la nostra Patria settantacinque anni fa, nel febbraio 1944.

Chi ha una certa età può leggerlo dentro di sé, nei suoi ricordi personali, dov'era, che cosa faceva; quel che soffriva, quel che temeva, quel che sperava, quali erano le angosce senza sonno, i disagi e le paure, il silenzio delle strade notturne dei borghi, dei paesi e delle città.

Il paese era diviso in due tronconi sanguinanti: fuoco in cielo, rovine e torture in terra.

L'Italia era diventata uno dei campi di battaglia della guerra mondiale.

Il mese di febbraio fu un mese particolarmente duro: rastrellamenti, rappresaglie, incendi di paesi innocenti; il fronte, dopo la distruzione di Cassino, stagnava sul Volturno; lo sbarco ad Anzio, che aveva dato tante speranze di pronta liberazione pareva fallito: i giornali fascisti davano la notizia che ad Anzio si preparava una nuova Dunkerque.

Churchill alla Camera dei Comuni dichiarava il 24 febbraio che «*le operazioni in Italia proseguiranno lente e difficili*». Un'agonia.

Forse non si conosce bene quell'agonia. Forse non si apprezza abbastanza quello che si è fatto, quello che ha fatto il popolo italiano in quegli anni pieni di dolore, di patimenti e di sofferenze indicibili.

Quando si ripensa a quelle rovine morali e materiali, a quel sangue, a quei fiumi di incendi, alle fughe, alle torture, ai campi di concentramento, alle camere a gas, allo squallore, alle donne che facevano la fila sotto le cannonate per riuscire a riempire un fiasco d'acqua, e paragoniamo tutti quegli orrori a quest'aria di apparente benessere, perfino di gaudente euforia che si respira oggi, misurando tutto quello che si è potuto recuperare in tanti decine di anni, verrebbe da gridare al miracolo.

Eppure non è così. Ci si guarda intorno e si sente intorno a noi, dopo tanti, tantissimi anni un che di vuoto, un che di amaro.

Quando ripensiamo a quegli orrori e al giorno in cui finalmente finirono, e gli uomini si trovarono liberi, con la barba cresciuta e il vito emaciato, ma finalmente liberi e si abbracciavano come fratelli per le strade, quando ripensiamo a quei giorni della liberazione e guardiamo quelli d'oggi, ci prende alla gola un senso di delusione, di rimpianto, quasi di nostalgia…

Sono tornate oggi tante cose piacevoli e comode che allora si erano perdute: ma quello che di vivo, di nuovo, di giovanile, di fresco, di umano c'era allora nei cuori e nell'aria, quello che allora c'era, oggi non c'è più…

Questo senso di rinnovamento che allora si respirava d'intorno, da nessuno l'abbiamo sentito rievocare con più ingenua immediatezza che in un diario di guerra, purtroppo non conosciuto in Italia come meriterebbe, scritto da una donna inglese.

Questa donna aveva raccolto in una villa sperduta, solitaria nel Senese, in mezzo ai boschi e alle crete della Val d'Orcia, una cinquantina di bambini scampati ai bombardamenti delle città: credeva di averli raccolti in un luogo sicuro, dove la guerra non li avrebbe raggiunti; e invece la guerra, salendo su su per l'Italia come una lingua d'incendio, arrivò, nel giugno del 1944, anche lì. Ecco che alla villa trasformata in asilo arrivano i tedeschi in ritirata: il bombardamento degli alleati che avanzano bersaglia tutt'intorno le campagne. Ma i tedeschi ordinano ai bambini di sloggiare subito, nonostante il bombardamento; e in questo diario c'è la descrizione che tiene in sospeso il respiro del lettore, di questa fuga spietatamente imposta a cinquanta bambini attraverso i campi di grano battuti dall'artiglieria, sotto la guida di questa donna sola, a sbalzi, tra una granata e l'altra per venti chilometri sotto il sole, fino ad arrivare al paese più prossimo, dove dalle mura la popolazione li attende sventolando i fazzoletti per incoraggiarli.

Alla fine sono tutti in salvo: e poi, poco dopo, arrivano gli inglesi; e poi la guerra è passata: e i bambini con lei ritornano alla villa, cantando questa volta a voce spiegata.

Ma la villa è crollata. Tra le macerie ci sono i cadaveri di due partigiani: è tutto da ricominciare, tutto è da ricostruire. Eppure, eppure … *«Distruzione e morte ci hanno visitati»* - il diario termina così.

Distruzione e morte ci hanno visitati.

«Ma ora c'è una speranza nell'aria» [1]

Non possiamo pensare a questa ingenua frase senza commuoverci. *«Ora c'è speranza nell'aria».* Come un'aria nuova, come un respiro vibrante d'aria pura...

Dove è andata a finire questa speranza? La Resistenza aveva lasciato al mondo una speranza: più che una speranza, un impegno. Chi l'ha tradito? Perché l'abbiamo tradito?

Se si vuole intendere che cosa fu la Resistenza non si deve dare questo nome soltanto al periodo finale, che va dall'8 settembre al 25 Aprile. Questo fu il parossismo finale della lotta; ma l'inizio di essa risaliva a venticinque anni prima. Il biennio di Kesselring fu la logica e fatale conclusione del ventennio di Mussolini; Mussolini fu l'introduttore, anzi il portiere di Kesselring: essa era cominciata da quando era cominciata l'oppressione, cioè fino a quando lo squadrismo fascista aveva iniziato per le vie d'Italia la caccia all'uomo.

Delle cause e degli aspetti del fascismo, storici di diverse tendenze hanno già dato svariate interpretazioni e hanno messo in evidenza, secondo le premesse politiche e filosofiche da cui partivano, i fattori psicologici e morali, o quelli sociali ed economici di questa crisi: la esasperazione contingente del primo dopoguerra o le lontane tare tradizionali di conformismo, o l'ultimo tentativo reazionario di una classe conservatrice, che tenta di sbarrare il cammino alle nuove forze progressiste che avanzano.

Forse in ognuna di queste concezioni c'è una parte di vero. Ma ciò che soprattutto va messo in evidenza del fascismo è, secondo

---

[1] Iris Origo, War in Val d'Orcia - A. Diary, London 1947 (rec. sue «Ponte», 1949, pag. 1807)

noi, il significato morale: l'insulto sistematico, adoperato come metodo di governo, alla dignità morale dell'uomo: l'umiliazione brutale, ostentata come gesta da tramandare ai posteri, dell'uomo degradato a cosa.

Un cammino di millenni, muovendo dalla filosofia e dalla poesia greca e dal Cristianesimo, era riuscito in Europa a porre a base della convivenza dei popoli civili il principio dell'uguaglianza di tutti gli uomini.

Questa esigenza, che fu il fermento della Rivoluzione francese, era già viva e operante nell'illuminismo del '700: e il milanese Beccaria la enunziava in parole lapidarie, quando scriveva «*Non vi è libertà ogni qual volta le leggi permettono che in alcuni eventi, l'uomo cessi di essere persona e diventi cosa*».

Il fascismo è stato la negazione di questa esigenza. Per la bestiale ferocia dello squadrismo fascista, l'uomo tornò ad essere una cosa: un solo oggetto di sfruttamento servile, come una bestia da tiro, per i padroni finanziatori delle spedizioni punitive, un oggetto di beffa sanguinaria e di straziante dileggio da parte dei sicari.

Il ritorno della tortura, la quale pareva ormai soltanto un fosco ricordo di età barbare felicemente superate comincia da qui.

Nel manganello e nell'olio di ricino c'erano già quei primi micidiali germi del flagello, che venti anni dopo, sviluppati fino alle loro spaventose conseguenze dalla gelida consequenziarietà teutonica dovevano portare allo sterminio scientifico delle camere a gas.

Nel macabro cerimoniale in cui gli incamiciati in nero, preceduti dai loro osceni gagliardetti, andavano solennemente a spezzare i denti di un sovversivo o a verniciargli la barba o a somministrargli, tra sconce risa, la purga ammonitrice, c'era già - ostentata come un programma di dominio - la negazione della persona umana. Il primo passo, la rottura di una conquista millenaria, fu quello: il resto doveva fatalmente venire.

Ma fin d'allora cominciò la Resistenza contro l'oppressione fascista che voleva ridurre l'uomo a cosa. L'antifascismo significò la Resistenza della persona umana che si rifiutava di diventare cosa, voleva restare persona e sentiva che bastava offendere in un uomo questa dignità della persona perché nello stesso tempo in tutti gli altri uomini questa stessa dignità rimanesse umiliata e ferita.

Cominciò così la Resistenza, quando il fascismo si fu impadronito dello Stato, che durò venti anni.

Il ventennio fascista non fu, come oggi qualche sciagurata immemore figura crede, un ventennio di ordine e di grandezza nazionale. Fu un ventennio di sconcio illegalismo, di umiliazione, di corruzione morale, di soffocazione quotidiana, di sorda e sottoterra disgregazione civile.

Non si combatteva più sulle piazze dove gli squadristi avevano ormai bruciato ogni simbolo di libertà, ma si resisteva in segreto, nelle tipografie clandestine dalle quali dal 1925 cominciarono ad uscire i primi foglietti alla macchia[2] nelle guardine della polizia, nell'aula del Tribunale speciale, nelle prigioni, tra i confinati, tra i reclusi, tra i fuoriusciti. E ogni tanto in quella lotta sorda c'era un caduto, il cui nome risuonava in quella silenziosa oppressione come una voce fraterna, che nel dire addio rincuorava i superstiti a continuare: Amendola, Gobbetti, Gramsci, Matteotti, don Minzoni, Rosselli, Trentin. Vent'anni di resistenza sorda. Ma era resistenza anche quella: e forse la più difficile, la più dura e la più sconsolata.

Vent'anni. E alla fine la guerra partigiana scoppiò come una miracolosa esplosione. Lo storico che fra cento anni studierà a

---

[2] Cfr. il volume «Non mollare!», riproduzione fotografica con tre saggi storici di G. Salvemini, E. Rossi, P. Calamandrei (La Nuova Italia, Firenze 1955)

distanza le vicende di questo periodo narrerà la guerra di liberazione come una guerra che durò venticinque anni, dal 1920 al 1945, e ricorderà che la sfida lanciata dagli squadristi del 1920 fu raccolta e definitivamente stroncata dai partigiani del 1945. E il 25 aprile finalmente i vecchi conti con il fascismo furono saldati e la partita conclusa per sempre.

Non bisogna credere, come qualche pietoso oggi vorrebbe per carità di patria, che gli orrori degli ultimi due anni siano stati così spaventosi solo perché il nemico era mutato: perché gli oppressori non erano più soltanto i fascisti nostrani, ma erano gli invasori tedeschi, gli Unni calati dai paesi della barbarie.

È vero si, che gli ultimi due anni portano il nome di Kesselring; ma Kesselring fu l'ultimo dono che Mussolini fece all'Italia: fu l'ultimo volto di una follia che da venti anni preparava l'Italia a quell'epilogo spaventoso.

Su su, regione per regione, città per città, paese per paese, borgo per borgo, porta per porta, la furia barbarica, chiamata in casa nostra dal dittatore impazzito passava e livellava come una falce. Quella falce aveva impresse sulla lama, misteriose come una sigla magica, due lettere «SS». Due lettere in cui si riassumono, nella paurosa leggenda, tutti i massacri, tutti gli stermini. La meticolosa precisione, che è una delle virtù dell'ingegno tedesco, fu adoperata per rendere più efficaci e inesorabili i metodi di tortura: la sevizia scientifica, la crudeltà meccanizzata. Dove nel mondo degli uomini civili si raccolgono i sentimenti più alti e più nobili dello spirito, nei focolai domestici dove stanno in attesa l'amore e le culle, nelle biblioteche fatte per le meditazioni degli studiosi, nei musei concepiti per lo studio degli appassionati e dei critici d'arte, nelle scuole dove conta l'infanzia, nelle chiese dove si prega, nei conventi dove il dolore cerca il conforto in Dio, in tutti i sacrari, in tutti i rifugi, in tutti i luoghi di pace e di bontà, queste belve balzarono con i loro lanciafiamme, con i capestri, con gli strumenti di sterminio a impiccare, a fucilare, a torturare, a incendiare, a massacrare, lasciando dietro di sé una scia di cenere e di macerie.

La Resistenza alla fine li spazzò via. Ma non bisogna, oggi, considerare quell'epilogo soltanto come la cacciata dello straniero. Quella vittoria non fu soltanto vittoria contro gli invasori di fuori: fu vittoria contro gli oppressori, contro gli invasori di dentro.

Aver ritrovato dentro noi stessi la dignità dell'uomo. Questo fu il significato morale della Resistenza. Questa fu la fiamma miracolosa della Resistenza. Aver scoperto la dignità dell'uomo e l'universale indivisibilità di essa: questa scoperta dell'indivisibilità della libertà e della pace, per cui la lotta di un popolo per la sua liberazione e insieme lotta per la liberazione di tutti i popoli dalla schiavitù del denaro e del terrore, questo sentimento dell'uguaglianza morale di ogni creatura umana, qualunque sia la sua nazione o la sua religione o il colore della sua pelle, questo è l'apporto più prezioso e più fecondo di cui ci ha arricchito la Resistenza.

L'8 settembre, quando cominciò spontaneo e non ordinato da alcuno, questo accorrere di uomini liberi verso la montagna, avvenne qualcosa di misterioso che a ripensarlo oggi sembra un miracolo di cui si stenta a trovare la spiegazione umana.

Nessuno aveva ordinato l'adunata: questi uomini accorsero da tutte le parti e si cercarono e si adunarono da sé. Quando si dice che la guerra partigiana si distingue da tutte le altre guerre perché fu una guerra fatta interamente da volontari, si dice giusto, ma non si dice tutto. Essa fu qualcosa di più. Fu un'adunata spontanea e collettiva. Fu un movimento di popolo, un'iniziativa di popolo.

Non ci fu da principio l'eroe, l'apostolo, il capo, il suscitatore che gettasse il primo grido, che suonasse il primo squillo: non ci fu un Garibaldi che ordinasse: "Seguitemi!". Il fenomeno garibaldino fu un altro: aveva un nome, aveva un condottiero. Ma questa chiamata fu anonima, non venne dal di fuori. Era la chiamata di una voce diffusa come l'aria che si respira, che si svegliava da sé in ogni cuore, nei più generosi e nei più pigri, un'ispirazione che sussurrava dentro, che combatteva dentro: «*Se sei un uomo, se hai dignità d'uomo questa è l'ora!*»

E fu una sorpresa consolante, una scoperta miracolosa nel trovarsi dentro questa voce, questo misterioso tesoro che molti ignoravano di custodire dentro di sé, questo inebriante accorgersi che la stessa area parlava contemporaneamente al centro di ogni coscienza e che in fondo ad ogni cuore c'era questa resurrezione della patria umana, in cui tutti gli uomini liberi si riconoscevano e si intendevano nella stessa lingua.

Questi uomini, di qualunque partito e di qualunque fede dicevano tutti la stessa frase: «*Muoio per un'idea*». Questa frase torna nelle lettere dei partigiani condannati a morte. «*Ho agito a fin di bene per un'idea, per questo sono sereno e dovete esserlo anche voi*». Sono le ultime parole di Duccio Galimberti, fucilato vicino a Cuneo[3]. Come non ricordare le ultime parole di Guglielmo Jervis scalfite con la punta di uno spillo sulla copertina di una Bibbia ritrovata vicino al luogo dove fu fucilato? «*Non piangetemi. Non chiamatemi povero. Muoio per aver servito un'idea*[4]».

Ma cos'era questa «idea» che comandava di dentro, che nello stesso istante parlava dentro la coscienza di tutti, che per tutti era più forte della vita? Qualcuno ha parlato di partito, qualcuno ha parlato di chiesa. Sì, fu anche questo; ma non soltanto questo. Le fedi erano diverse e diversi erano i partiti; ma c'era una voce comune che parlava per tutti nello stesso modo e la sentirono anche gli uomini che fino a quel momento non avevano appartenuto ad alcun partito o ad alcuna chiesa.

Qualcuno ha parlato di «anima collettiva», qualcuno ha parlato di «provvidenza»; forse bisognerebbe parlare di Dio: di questo Dio ignoto che è dentro ciascuno di noi.

Quando si considera questo misterioso e miracoloso moto di popolo, questo volontario accorrere di gente umile, fino a quel

---

[3] Lettere dei condannati a morte della Resistenza italiana, Einaudi, 1952 pag. 96.
[4] Fucilato nella notte tra il 5 e il 6 agosto 1944, dal plotone tedesco, nella piazza principale di Villar Pellice (Torino), medaglia d'oro al valor militare.

giorno inerme e pacifica, che in un'improvvisa illusione sentì che era giunto il momento di darsi alla macchia, di prendere il fucile, di ritrovarsi in montagna per combattere contro il terrore, viene da pensare a certi inesplicabili ritmi della vita cosmica, ai segreti comandi celesti che regolano i fenomeni collettivi, come le gemme degli alberi che spuntano lo stesso giorno, come certe piante subacquee che in tutti i laghi affiorano nello stesso giorno alla superficie per guardare il cielo primaverile, come le rondini di un continente che lo stesso giorno s'accorgono che è giunta l'ora per mettersi in viaggio.

Era giunta l'ora di resistere; era giunta l'ora di essere uomini: di morire da uomini, per vivere da uomini.

E cominciò allora quella guerra partigiana, diversa da tutte le guerre conosciute prima; quella guerra in cui non c'erano combattenti; quella guerra in cui non vi erano azioni militari, perché i gesti della normale vita quotidiana erano guerra, perché ormai il dovere militare aveva lo stesso volto del dovere civile, perché ormai l'unico modo di essere civili era quello di far la guerra all'ultimo sangue alla bestialità e alla barbarie.

C'è chi obietta che, mettendo in evidenza questo carattere di spontaneità che ebbe da principio la Resistenza, insurrezione morale prima che insurrezione militare, si lasciano all'oscuro i veri movimenti politici e sociali di essa, preparati da un ventennio di consapevole educazione di partito, clandestinamente perseguita a prezzo di fucilazioni, di prigionie, di confini, di esili.

Non siamo di questa opinione. Sarebbe stoltezza negare che uno dei fondamenti della Resistenza è stata la lotta sociale, l'aspirazione dei sofferenti verso la giustizia sociale e sarebbe cecità non accorgersi che l'ossatura organizzativa fu data alla Resistenza da quei partiti antifascisti che avevano resistito clandestinamente o che si erano formati sotto il fascismo, e che in quel ventennio di oppressione tennero accesa la fiamma e gettarono i semi delle coscienze.

Ma, d'altro lato, neppure questo carattere religioso e morale, prima che sociale e politico della Resistenza, non si potrebbe negare senza cadere in altrettanta cecità, in senso opposto.

In un libro di Raffaele Pettazzoni, insigne studioso di storia delle religioni, ci ha fatto piacere di vedere considerata tra i *«momenti della storia religiosa d'Italia»*, la Resistenza: ovunque è un sacrificio per il bene degli altri, ovunque è la disposizione morale a preferire al tradimento lucroso di un'idea, la morte squallida per quell'idea, ivi è la religione.

Religione vuol dire serietà della vita, impegno per i valori morali, coerenza tra il pensiero e l'azione: la religione non è solo quella che si celebra nelle cerimonie liturgiche.

Nelle lettere dei condannati a morte della Resistenza vi è assai spesso l'estrema preghiera del credente che spera la salvazione tradizionale sinceramente professata.

Un istante prima di essere fucilato, un prete sente di morire per la religione, cioè come egli scrive, *«per aver protetto e nascosto un giovane di cui volevo salvare l'anima, e cioè per aver fatto il prete[5]»*.

Ma continua il Pettazzoni, *«gli altri, i laici muoiono anch'essi per un'idea che pure è religiosamente sentita e testimoniata e sofferta sin al sacrificio supremo: l'idea di libertà, l'idea di giustizia o l'idea del socialismo o quella del comunismo e insieme, comune a tutti, l'idea della patria, l'idea dell'Italia libera e onorata. Quella fede laica non interferisce nei credenti con la religione tradizionale; per i non credenti è essa la sola religione»*.

Grave errore sarebbe cercar di annettere la Resistenza a un partito o a una chiesa, farne una espressione, per quanto alta e purissima, di una ideologia politica o confessionale.

---

[5] R. Pettazzoni, Italia religiosa (Laterza 1952), pag. 73 e sgg

La Resistenza fu qualcosa di più dell'ideologia di un partito, qualcosa di più profondo, di più universale, di più penetrante nei cuori: come una sintesi, come una premessa, come una volontà di comprensione umana.

Senza questa spontaneità di carattere morale e religioso, non si potrebbe spiegare come all'indomani dell'8 settembre, assai prima che gli organizzatori avessero potuto prendere i primi contatti, assai prima che i partiti avessero messo in azione da regione a regione i loro fili clandestini, fossero sorti in cento luoghi d'Italia, non solo nelle città ma nei borghi più solitari, nelle montagne, nei casali, nelle officine, nelle scuole, tra i contadini, tra gli operai, tra gli studenti, tra gli intellettuali, cento focolai di insurrezione, l'uno all'insaputa dell'altro, senza mezzi, senza programma chiaro, senza saper bene quel che occorreva fare, ma tuttavia mossi da questa irreprimibile volontà di fare.

Nel Cuneese si ebbe un caso tipico: subito dopo l'8 settembre una decina di cittadini di Cuneo, quasi tratti da un misterioso richiamo telepatico, partirono ognuno per conto suo verso la montagna. Erano gente pacifica: avvocati, magistrati, tipografi, artigiani, operai, contadini.

Non sapevano bene che cosa volevano, ma sentivano che era giunto il momento di andare in montagna. Si ritrovarono a una chiesetta, la Madonna del Colletto, si adunarono nella canonica. C'era Duccio Galimberti, c'era Livio Bianco. Si strinsero la mano e dissero: *«siamo qui per fare la guerra ai tedeschi e ai fascisti»*. Erano in dieci; in dieci volevano fare la guerra ai tedeschi! Ma dopo due inverni erano diventati l'esercito partigiano che vide Kesselring in fuga.

Ma questo fu un episodio; altri cento ve ne furono uguali in quei giorni, in cento luoghi diversi. Queste furono le prime germinazioni spontanee, naturali, incontenibili, intorno alle quali, dopo qualche mese, i partiti organizzarono le brigate garibaldine e le brigate gielliste e le altre di ogni tendenza. Senza gli organizzatori consapevoli che vennero subito dopo, non si sarebbe potuto far nulla di efficace; ma gli organizzatori non avrebbero potuto mettersi a lavorare, se questo moto spontaneo, affiorante le parti come un'ebollizione, non li avesse avvertiti che il popolo italiano era pronto.

Nella *Storia della Resistenza*, scritta da un comunista, Roberto Battaglia, si riconosce realmente che la prima iniziativa politica per trasformare questa spontaneità religiosa di insurrezione in organizzata guerra partigiana, partì da Ferruccio Parri.

«La maggiore iniziativa azionista è quella presa a Milano da Ferruccio Parri, la cui figura emerge e s'afferma nel momento cruciale della lotta contro l'attesismo. Parri porta nella Resistenza qualche cosa di più della sua vita esemplare dell'antifascista e della sua esperienza assai notevole (ufficiale di Stato Maggiore, più volte decorato nella guerra del 1915-18) ...»

Egli ha «quelle qualità che sono capaci di conquistargli un ascendente larghissimo fra gli intellettuali... e specie tra i giovani; quel suo insistere sull'aspetto morale dei problemi come sull'aspetto essenziale e quel suo costante tono di modestia antiretorica... Egli è il primo fra i dirigenti del movimento partigiano a incontrarsi in Svizzera il 15 novembre 1943 con una missione alleata a far presente la inderogabile necessità di fornire con lanci le formazioni di montagna...»[6] Questi furono gli inizi, in ottobre e novembre 1943 della guerra partigiana.

Meno di due anni dopo col sacrificio generoso di tutti i partiti, in prima linea il partito comunista e il partito d'azione, la guerra di liberazione era vinta: il 25 Aprile, per fatto della vittoria alleata ma anche per virtù di quella insurrezione di popolo, l'Italia era finalmente liberata dai fascisti e dai tedeschi: dagli oppressori di fuori e da quelli di dentro. La Resistenza, il 25 Aprile, parve aver raggiunto il suo solo scopo.

---

[6] R. Battaglia, Storia della Resistenza italiana (Einaudi, 1953), pag. 191

Fu soltanto l'impeto di una solitaria riscossa, un miracolo inspiegabile che rimane soltanto come motivo di adorazione e di leggenda, un'apertura di cielo fiammeggiante che durò un'ora e subito fu rimossa dalla foschia stagnante degli anni sopravvenuti, oppure fu un'esperienza destinata ad arricchire per sempre la nostra vita di popolo, un fattore di civiltà rivelato dalla guerra, ma destinato ad essere una delle forze politiche animatrici e disciplinatrici della nostra pace?

Di fronte al sacrificio degli uomini della Resistenza, di fronte all'esempio di spontanea accettazione del sacrificio che essi dettero, verrebbe voglia a noi che non abbiamo vissuto quell'esaltante periodo storico di inginocchiarci come dinanzi a un miracolo. Ma no. Non fu un miracolo, fu una realtà politica. Qualcosa che sta sulla terra. Qualcosa che continua, che continuerà se noi vorremo.

Il carattere che distingue la Resistenza da tutte le altre guerre, anche da quelle fatte da volontari, anche dall'epopea garibaldina, è stato quello di essere più che un movimento militare un movimento civile.

Non bisogna dimenticarsi che le formazioni partigiane non erano che uno degli organi di movimento rivoluzionario più vasto, che faceva capo ai Comitati di Liberazione e che quello spirito di sacrificio, che ha portato migliaia di martiri a sfidare la tortura e la fucilazione ed il capestro, non era espressione di uno spirito di avventura militaresco, non il dissennato e cieco amore del rischio per il rischio: era la coscienza di un dovere civile da adempiere, la consapevolezza della necessità non più differibile di un rinnovamento totale della nostra vita nazionale, di una ricostruzione dalle fondamenta della struttura sociale che aveva reso possibili quegli errori.

Per questo lo spirito di sacrificio che animò gli eroismi della Resistenza può essere considerato come un fattore di rinnovamento politico e sociale.

Già nel periodo della Resistenza, questo spirito di sacrificio si dimostrò capace di animare e di nobilitare gli atti più umili della vita quotidiana, dando ad essi (o per meglio dire scoprendo in essi) un senso di solidarietà sociale, un senso di partecipazione alla vita collettiva.

Ed è per questa esperienza che la Resistenza, nata in guerra come abnegazione eroica di fronte alla morte, può diventare in pace, il senso del dovere politico, il senso della politica intesa come dovere di sacrificarsi al bene comune che è poi il fondamento morale senza il quale non può vivere una democrazia.

Questa è, secondo noi, la grande eredità ideale che la Resistenza, anche quando i suoi eroismi saranno trasfigurati dalla leggenda, avrà lasciato al popolo italiano come viva forza politica del tempo di pace: il senso della democrazia, il senso del governo di popolo, del popolo che vuol governarsi da sé, che vuole assumere su di sé la responsabilità di governarsi, che vuol cacciare via tutti i tiranni, tutti i padroni, tutti i privilegiati, tutti i profittatori, e identificare finalmente, in una Repubblica fondata sul lavoro, sul popolo e sullo Stato.

Se nel campo morale la Resistenza significò rivendicazione della uguale dignità umana di tutti gli uomini e rifiuto di tutte le tirannie che tendono a trasformare l'uomo in cosa, nel campo politico la Resistenza significò volontà di creare una società retta sulla volontaria collaborazione degli uomini liberi ed uguali, sul senso di auto responsabilità e di autodisciplina che necessariamente si stabilisce quando tutti gli uomini si sentono ugualmente artefici e partecipi del destino comune e non divisi tra padroni e servi.

La maledizione che ha gravato nei secoli sul popolo italiano è stata proprio questa separazione, questa scissione tra popolo e Stato, per cui il popolo ha sentito lo Stato come un'oppressione estranea, come una tirannia, come un nemico che stava al di fuori e al di sopra di lui: e da questa scissione sono nati tutti gli scetticismi e tutti i conformismi che costituiscono il pesante bagaglio della nostra storia politica.

Da questo è originato anche quel disprezzo della politica e dei politicanti che è stato sempre diffuso nel nostro popolo, che si è aggravato durante il fascismo e che anche oggi scredita nella considerazione di tanta brava gente le persone che si occupano di politica militante e che identifica la politica con la transazione e con l'imbroglio.

Ma la Resistenza ebbe anche questo significato: fu tutto un popolo che rivendicò a sé il dovere e la responsabilità di far la sua politica, comprendendo che solo con la partecipazione collettiva e solidale alla vita politica un popolo può essere padrone di sé.

Questa contrapposizione tra Stato e cittadini, questa guerra sociale tra padroni e servi fu superata nei Comitati di Liberazione.

La Resistenza non fu soltanto uno sforzo eroico per sterminare i carnefici, per ricacciare nell'inferno i mostri della barbarie; fu anche un impegno costruttivo di lavorare pacificamente su una strada aperta per la conquista di una vera democrazia.

Tra i morti della Resistenza vi erano seguaci di tutte le fedi. Ognuno aveva il suo Dio. Ognuno aveva il suo credo. Parlavano lingue diverse. Avevano pelle di diverso colore. Eppure, quando si trattò di difendere questi beni, ognuno fu pronto, nonostante la diversità di fede e di nazione, a sacrificarsi per il fratello.

Essi dunque non ci insegnarono a distruggere la diversità delle idee, perché essi morirono proprio per abbattere il totalitarismo che distrugge la dignità della persona, quella dignità che si esprime nella libertà di pensiero; ma volevano "incuorare" tutti gli uomini di buona volontà, anche se di idee diverse, a lavorare insieme per la verità e per la pace.

Volevano costruire un mondo giusto, dove tutti gli uomini vivano del proprio lavoro, dove ogni uomo conti veramente per uno, dove la vita umana, dopo tanto sangue, sia sacra e il lavoro sicuro: dove ogni credente sia libero di pregare il suo Dio nella propria chiesa, e ogni cittadino di esprimere la propria opinione dalla sua tribuna e dove non si innalzino roghi agli eretici o forse ai deviazionisti.

A molti decenni di distanza, in questo esame di coscienza, possiamo domandarci: «*Questo è l'insegnamento che ci hanno dato in eredità quei morti? Lo abbiamo rispettato? Lo abbiamo tradito?*»

Non è questo il momento per rifare la storia, che assai più volte è una triste e miserevole cronaca, della vita politica italiana di alcuni decenni dopo la Liberazione. Non è questo il momento delle accuse e delle discolpe.

Vogliamo ricordare a noi stessi soltanto che subito dopo la Liberazione vi fu un periodo in cui ci illudemmo che la Resistenza, finita la guerra fosse diventata una forza di pace, di pacificazione, di governo. Era salito al potere l'uomo che impersonava la Resistenza.

Questo fu nel 1945. Presidente del Consiglio era un uomo nuovo: Enrico De Nicola. Le cronache del tempo riportano ciò che nel corso di un discorso Benedetto Croce disse: «*Gli uomini nuovi verranno. Bisogna non lasciarsi scoraggiare dal feticismo delle competenze. Gli uomini onesti assumano con coraggio i posti di responsabilità, e attraverso l'esperienza gli adatti non torneranno a rivelarsi*».

Poche settimane dopo quel discorso, salì al governo un uomo nuovo: un uomo onesto, un uomo coraggioso. Egli non illuse e non deluse. Era un uomo semplice che parlava senza enfasi e senza iattanza, che lavorava diciotto ore su ventiquattro, che ascoltava gli umili con umana pazienza e riportava a poco a poco nella torbida indifferenza della burocrazia governativa, il calore di un nuovo impegno morale. La sua onesta figura era sempre un rimprovero e un ammonimento: ogni giorno la sua pacatezza laboriosa ricordava agli immemori che in Italia era nato qualcosa di nuovo.

Questo sarebbe stato degno più di ogni altro di trattare la pace con gli Alleati: in nome dell'Italia partigiana, con gli Alleati che nella guerra di liberazione avevano appreso a rispettare i partigiani e a vedere in loro il vero volto dell'Italia.

Si sarebbe dovuto andare al tavolino della pace ricordando a fronte alta le migliaia di prigionieri inglesi e americani che, sfuggiti ai campi di concentramento tedeschi, avevano trovato rifugio e salvezza nei casolari dei contadini italiani, pronti per questo come fecero i sette fratelli Cervi, a dare la loro vita.

Si sarebbe dovuto ricordare i cento episodi di fratellanza reciproca tra uomini di tutti i paesi, di cui era stata ricca la guerra partigiana: italiani che serenamente si erano fatti uccidere per salvare i fratelli stranieri, ma anche stranieri che avevano dato la vita per salvare i fratelli italiani.

Allora non c'era più distinzione tra italiani e stranieri. Allora la caccia alle streghe non era stata inventata.

Non dimentichiamo l'episodio di quel ragazzo sovietico che in Toscana, dopo che i tedeschi ebbero sterminato a Civitella della Chiana, sulla porta della chiesa, il prete ed i cento fedeli che si erano rifugiati all'ombra della croce, si appostò lungo la strada, nascosto con un mitra dietro un tronco, per tenere a bada gli assassini che avanzavano verso altre stragi, e così per dare tempo alla popolazione di mettersi in salvo: e alla fine si fece uccidere e così salvò gli innocenti[7]. E non dimentichiamo quel capitano inglese che l'8 agosto del '44 colpito, in una via di Firenze, da una granata tedesca che aveva abbattuto insieme, accanto a lui il comandante comunista Potente, gli infermieri che lo volevano

---

[7] Sulle stragi di Civitella della Chiana, cfr. *Gli Unni in Toscana* (Firenze, 1946) pag. 165.

caricare sulla barella ordinò con un filo di voce: «*Prima Potente*»; e Potente fu caricato per primo[8].

Questo era il clima in cui un governo della Resistenza avrebbe potuto trattare la pace. Questo era il clima in cui, sui legami della Resistenza, si avrebbe potuto costruire a caldo gli Stati Uniti d'Europa. Anche coi partigiani tedeschi; ma senza Kesselring. Ma il governo della Resistenza fu abbattuto dopo pochi mesi, nel novembre del 1945 da intrighi di vecchi politicanti.

E cominciò allora quel decennio di progressivo e corrosivo discredito dei valori della Resistenza, il decennio della Resistenza infamata e diffamata, il decennio della «*desistenza*» che s'iniziò con la beffa della epurazione e con le famigerate applicazioni dell'amnistia in materia di sevizie non mai abbastanza efferata, e che poi, proclamata malgrado tutto la Resistenza e votata la Costituzione, è diventato, in questi ultimi anni con progressivo slittamento, disfattismo costituzionale, disprezzo di tutto quello che di nuovo e di rinnovatore aveva la nostra Costituzione, irrisione quotidiana di tutti i diritti fondamentali, dalla libertà di religione al diritto al lavoro, che la Costituzione aveva voluto garantire ai cittadini della nuova Italia democratica.

La Resistenza, rinnegata prima nei suoi valori morali e politici, fu rinnegata poi nei suoi valori giuridici consacrati nella Costituzione.

E i fascisti tornarono non solo in circolazione, ma in onore: non in un clima di pacificazione, in cui essi riconoscessero i loro errori e si presentassero pentiti a chiedere dimenticanza e indulgenza, ma con l'antica tracotanza bestiale, fatta di calunnie, di mistificazioni e di violenze verbali. E a poco a poco essere stati gerarchi fascisti tornò ad essere un vanto nella buona società e una raccomandazione per avere posti di primo piano nelle grandi aziende e nei pubblici uffici.

---

[8] Episodio narrato da Luigi Longo, *Un popolo alla macchia*, e riportato in *Antologia della Resistenza* di Luisa Sturani (Torino, 1955), pag. 297

Come questo poté avvenire?

Chi guarda più a fondo sotto questi sintomi vergognosi e disgustosi, si accorge che il dramma della Resistenza nel nostro Paese è stato questo, che la Resistenza è stato questo, che la Resistenza, dopo aver trionfato in guerra, come epopea partigiana, è stata soffocata e bandita dalle vecchie forze conservatrici appena essa si è affacciata alla vita politica del tempo di pace, dove essa era chiamata a dare vita a una nuova classe politica che riempisse il vuoto lasciato dalla catastrofe.

I morti della Resistenza vollero essere, credettero di essere, le avanguardie di una nuova classe dirigente, pulita ed onesta, fatta di popolo destinata a prendere il posto di tutti i profittatori e di tutti i corruttori. Quei morti furono la testimonianza e la promessa di un autogoverno popolare in formazione. Ma, finita la guerra, i vecchi vivi risalirono sulle poltrone e la voce dei giovani morti fu ricoperta da quelle vecchie querele.

Da tutte le interpretazioni che si sono date del fascismo, su un punto (almeno crediamo) che tutti siamo d'accordo: che la marcia su Roma, con l'abdicazione della monarchia, abbia segnato l'epilogo conclusivo del declinare della vecchia classe dirigente.

L'abdicazione alla violenza fascista rappresentò l'ultimo tentativo di questa logora, vecchia, decrepita classe conservatrice, di rimandare indietro la scesa delle classi lavoratrici che reclamavano di partecipare direttamente al governo dei propri destini.

Ma nel momentaneo trionfo del fascismo non ci fu soltanto questo: i fascisti non furono soltanto i sicari assoldati alla vecchia borghesia conservatrice, ma credettero di essere, nel loro infantilismo violento, i creatori di una nuova classe politica fatta di falsi intellettuali disoccupati, di piccoli borghesi avidi di denaro e di uniformi, di ambizioni provinciali senza cultura e senza onestà.

Ma neppure il fascismo riuscì nel suo tentativo di creare all'Italia, in luogo dell'antica, questa classe politica di piccoli gerarchi borghesi. Esso riuscì a dare all'Italia, sotto la finzione di un ordine di cartapesta, soltanto corruzione, vergogna e catastrofe. E alla fine, il 25 luglio e l'8 settembre, le irrisolutezze, gli smarrimenti, le fughe dimostrarono a quale punto di squallore politico il fascismo aveva ridotto l'Italia.

Nell'ultima seduta il Gran Consiglio, come un fanciullo piagnucoloso che si attacca alle sottane della nonna, chiese aiuto alla vecchia classe dirigente, che aveva permesso la marcia su Roma: ma quella classe era ormai un fantasma. Si era scavata da sé la fossa con le sue stesse mani venti anni prima. Il fascismo non c'era più, ma non c'era più neanche il prefascismo: di vivo, in Italia, non c'erano che i ribelli, nelle prigioni o nell'esilio.

Eppure questa è stata la sorte singolare dell'Italia dopo il breve esperimento del governo Parri: che essa è tornata ad essere governata dalla classe dirigente prefascista; governata dai fantasmi. La Repubblica italiana, uscita dalla Liberazione, è stata governata da vecchi uomini politici che per età e per formazione mentale appartenevano al tempo anteriore al fascismo.

Nonostante che il fascismo sia stato travolto dalla Resistenza, il potere non è passato agli uomini usciti dalla Resistenza; se ogni rivoluzione, per essere tale, deve essere consolidata dalla formazione e dall'ascesa al potere di una nuova classe dirigente, questa rivoluzione è rimasta a metà in Italia, perché, abbattuto il fascismo dalla Resistenza, il posto dei dirigenti fascisti non fu occupato per diritto di successione rivoluzionaria da uomini nuovi, ma tornò in mano di una generazione di vecchi benemeriti- ma naturalmente conservatori- con la resurrezione dei quali la rivoluzione si ridusse ad una restaurazione paternalistica, governata dagli antenati.

Non diciamo che questo sia stato un male o che questo sia stato un bene. Rileviamo questo fatto che è stato un po' il nostro dramma: che la democrazia uscita dalla Resistenza a causa della ventennale carenza politica lasciata dal fascismo, ha dovuto essere di nuovo affidata ai superstiti della generazione maturata prima della guerra mondiale. Per legge di età, questi uomini ad uno ad uno spariscono. Giorno per giorno, negli uffici, nelle scuole, nelle banche, nell'alta borghesia arrivano sordamente, ai posti di comando che rimangono vuoti, le generazioni formate ed educate nel ventennio fascista, i cinquantenni, i quarantenni... anche se non c'è in loro un fascismo dichiarato c'è un abito, una mentalità...

Abbiamo visto cosa è avvenuto della Repubblica italiana quando questa fatale ascesa delle generazioni ha riportato per ragione di età il fascismo ai primi posti, e la classe dirigente, in questo ritmo nel quale non c'è stata rottura rivoluzionaria, è stata espressione di una diseducazione politica e di una falsa retorica nazionale, in contrasto con tutti i principi morali e politici della Resistenza!

Questo ritorno della vecchia classe politica ai posti di governo ha trovato la sua consacrazione legale nel mito della cosiddetta «continuità giuridica» dello Stato.

Tra repubblica e monarchia, tra fascismo e antifascismo (dicevano certi costituzionalisti) nessuna frattura. Le leggi di polizia dello Stato autoritario vanno bene per lo Stato democratico.

Naturalmente non era così. E lo dimostra un "caso". Un giornalista olandese, residente in Roma, era stato condannato dal Tribunale speciale a cinque anni di reclusione per disfattismo politico semplicemente per aver detto a un cameriere (che era una spia dell'Ovra): «Speriamo che l'Italia non entri in guerra, per non andare incontro alla catastrofe.»

Questo giornalista, dopo aver scontato tre anni di reclusione, fu rilasciato al momento della liberazione di Roma, e riprese il suo posto di corrispondente a Roma del più autorevole giornale liberale olandese.

Ma dopo qualche anno gli venne l'idea di chiedere alla Corte di Appello di Roma, la revisione della sua condanna pronunciata dal Tribunale speciale. E la Corte di Appello di Roma negò la revisione: disse che quella condanna era una condanna... *«giustamente severa»*.

Allora il giornalista olandese ricorse alla Cassazione, e questa annullò insieme la sentenza della Corte d'Appello di Roma e quella del Tribunale speciale; ma nella discussione orale di quel ricorso il sostituto procuratore generale, sostenne che il ricorso del giornalista doveva essere respinto, perché, egli disse, è vero che l'Italia ha perduto la guerra come quel giornalista di malaugurio aveva previsto, ma è anche vero che l'ha perduta proprio perché ci furono traditori che mettevano in giro discorsi come quelli. Se non ci fossero stati simili tradimenti, Germania e Italia sarebbero uscite felicemente vittoriose dal grande conflitto.

«Queste parole ho udito io, con le mie orecchie mortali, uscire nel luglio del 1953 dalla bocca di un magistrato italiano nell'aula di cassazione».

Mio padre ricordava che questo episodio gli era stato riferito da un confinato politico a Maida che, dopo la Liberazione, aveva aperto un ristorante a Milano, dove risiedeva.

Non tutti i magistrati, per fortuna, avevano queste idee (il primo presidente della Corte di Cassazione ha avuto un figlio partigiano, caduto combattendo nella liberazione di Firenze); ma se questo era il clima che si era ristabilito in certi ceti ufficiali e burocratici, come può destare meraviglia il fatto che i giovanissimi illusi e ignari applaudivano nelle piazze, come se fossero eroi, alcuni che furono tra i più spregevoli arnesi della campagna raziale e che si ripresentavano come salvatori di Trieste, di quella Trieste che proprio loro avevano venduto ai tedeschi?

Che meraviglia poteva destare il fatto che in Parlamento era seduto qualcuno che forse avrebbe potuto raccontarci finalmente da dove vennero i denari per pagare i sicari prezzolati di Carlo e Nello Rosselli? Che meraviglia poteva destare se un Senatore si era alzato per fare l'apologia del Tribunale speciale e il Presidente del Senato non ha sentito il bisogno neanche di richiamarlo all'ordine?

Intanto c'è da far conoscere, dopo oltre settantacinque anni, che cosa fu la Resistenza. Gli italiani ancora non lo sanno. Non sanno a pieno quanta fu l'estensione e la grandezza se oggi viene messa in discussione. Specialmente i giovani di oggi ignorano tutto di essa.

Quando furono commemorati i fratelli Cervi, anche se il ricordo è appannato dal tempo trascorso, il sentimento generale, anche tra gli uomini della Resistenza, era la commossa meraviglia: nessuno immaginava la possibilità di tanta grandezza in quella famiglia di gente semplice e oscura. E così per altri cento episodi.

I ragazzi delle scuole imparano (forse) chi furono i 7 re di Roma, ma non sanno chi furono i 7 fratelli Cervi.

Non sanno chi fu Piero Gobetti. Non sanno chi fu Anna Frank. Non sanno chi fu Antonio Gramsci. Non sanno chi fu Umberto Terracini. Non sanno chi fu Giancarlo Pajetta. Non sanno chi fu il generale Filippo Caruso. Non sanno chi fu il sott'ufficiale Antonio Domenico Petruzza. Non sanno chi fu quel giovanetto della Lunigiana che, crocifisso su una porta perché non voleva rivelare i nomi dei compagni, rispose: «*Li conoscerete quando verranno a vendicarmi*» e non disse altro. Non sanno chi fu quel vecchio contadino che vedendo dal suo campo i tedeschi che si preparavano a fucilare un gruppo di giovani partigiani trovati nascosti in un fienile, lasciò la sua vanga tra le zolle e si fece avanti dicendo: «*Sono io che li ho nascosti* (e non era vero): *fucilate me che sono vecchio e lasciate la vita a questi ragazzi*»[9]. Non sanno come si chiamava colui che in prigionia, temendo di non resistere alla

---

[9] Episodio narrato da Luigi Longo, *Un popolo alla macchia*, e riportato nell'*Antologia della Resistenza* pag. 358.

tortura, si tagliò con una lametta da rasoio le corde vocali per non parlare: e non parlò[10]. Non sanno dei nodi mai sciolti del processo di Norimberga ai gerarchi nazisti.

«Quello che rende importante quest'inchiesta è il fatto che i prigionieri incarnano quella sinistra influenza che sarà ancora in agguato nel mondo finché i loro corpi non ritorneranno nella polvere».

Così il pubblico ministero Robert Jackson aprì il processo di Norimberga. E dopo duecentodiciotto udienze, settanta anni fa, il 16 ottobre 1946, i corpi dei prigionieri (almeno alcuni di loro) tornarono polvere. E cenere. Dopo aver penzolato brevemente dalle forche tirate su dagli Alleati nella palestra di un liceo, i cadaveri di Frank, Frick, Jodl, Kaltenbrunner, Keitel, Ribbentrop, Rosemberg, Sanckel, Seyss-Inquart, Streicher, furono bruciati in un crematorio di Monaco e le ceneri disperse nel fiume Isar. [L'atto finale del più grande processo della storia e alla Storia].

Nella cittadina tedesca fu messa alla sbarra e processata l'élite della cricca di Hitler: ventitré tra gerarchi, militari, banchieri propagandisti. Pochi furono impiccati, qualcuno si suicidò (come Goerin), altri furono condannati a pene mai scontate fino in fondo e qualcuno fu assolto.

La guerra aveva causato tra i settanta e gli ottantacinque milioni di morti, compresi sei milioni di ebrei direttamente sterminati (e centinaia di migliaia di prigionieri politici, zingari, omosessuali). Quanti - e come - hanno pagato per aver scatenato la seconda guerra mondiale, il più sanguinoso conflitto nella storia dell'umanità?

Nel corso dei tre anni successivi alle impiccagioni, a Norimberga si svolsero anche una serie di altri processi a carico di esponenti della casta militare tedesca, ufficiali degli squadroni

---

[10] Parlo di Luciano Bolis, che ha narrato ciò che egli fece nel suo libro autobiografico *Il mio granello di sabbia* (Einaudi, 1946)

della morte, proprietari e manager di multinazionali che avevano collaborato con il potere nazista, politici, giudici, medici.

Come nel processo principale, le accuse andavano da crimini di guerra a crimini contro l'umanità, appartenenza a gruppi criminali. Ma bastarono pochi mesi perché il vento dell'indignazione incominciasse a calare e la voglia di giustizia ad affievolirsi. Davanti alle corti militari sfilarono centosettantasette imputati. Centoquarantadue condannati, di questi soltanto ventisei a morte ma in molti casi la sentenza non fu eseguita, la pena finì commutata o gli anni di carcere non furono scontati tutti.

Più il tempo passava, più la dimensione dei giganteschi crimini si riduceva o si scoloriva agli occhi degli stessi e dell'opinione pubblica. I capi della I.G. Farben che produceva il gas usato nei campi di sterminio furono tutti liberati nel 1952, un anno dopo essersi visti infliggere condanne risibili, che andavano dai sei mesi agli otto anni di carcere.

Eppure "la fabbrica di vernici" era stato il più gigantesco conglomerato di industrie al servizio del Fürer, dal quale poi rinacquero la Agfa, la Basf, la Bayer, la Hoechst. A conflitto ancora in corso, Washington aveva messo a punto i piani per prelevare i migliori scienziati che avevano servito il regime di Hitler e portarli negli Stati Uniti per arruolarsi nella guerra fredda con l'Unione Sovietica che era già incominciata a guerra calda. Capi e funzionari dell'intelligence nazista passarono armi e bagagli all'Occidente, fino addirittura a comandare i servizi segreti di nazioni appartenenti alla NATO.

Reinhard Gehlen era il generale a capo dei servizi segreti della Wehrmacht che durante la guerra spiava l'Union Sovietica sul fronte orientale: fu arruolato dagli americani e finì la carriera alla guida dei servizi segreti della Germania Occidentale.

E se a Norimberga la sola appartenenza alle SS costituiva di per sé un crimine, solo pochi anni dopo non divenne un impedimento per diventare ministro di un paese occidentale e democratico

(Hans Ollinger, ministro dell'Agricoltura in Austria, membro di un reparto che si distinse per le atrocità commesse nei territori orientali), e nemmeno presidente di una grande associazione confindustriale (Hanns-Martin Schleyerer, ex Untersturmfuhrer delle SS, capo degli industriali tedeschi nel dopoguerra rapito e ucciso dai terroristi della Rote Armee Fraktion). Ed aver fatto parte delle unità a cavallo delle SA, le squadre d'assalto del partito nazista, non impedì all'austriaco Kurt Waldheim di essere eletto segretario generale dell'ONU e nominato capo di Stato, in un paese dove vigeva una legge per impedire che si indagasse sul passato nazista dei propri cittadini.

D'altra parte, per rimanere in Austria, il cancelliere socialista Bruno Kriesky arrivò addirittura ad accusare il cacciatore di nazisti Simon Wiesenthal di essere un Nestbeschmutzer, uno che sporca il proprio nido, che "sputa nel piatto dove mangia" per le sue denunce su esponenti di governo con un passato hitleriano.

Come quindi meravigliarsi se essere stato uno stretto collaboratore di Goebbels non impedì a un uomo politico di diventare capo del governo (Kurt Georg Kiesinger, cancelliere della Germania Federale alla fine degli anni '60)?

I compromessi politici, la logica della Guerra fredda, le priorità assegnate alla ricostruzione, gli interessi economici hanno fermato non solo la denazificazione, ma anche la possibilità che la nuova Europa post-Norimberga facesse veramente i conti con la propria storia, con i delitti commessi, il razzismo.

Cresce ovunque la destra nazionalista, torna lo spettro della xenofobia, dell'avversione per chi è diverso. Anche per questo la Resistenza non deve essere dimenticata. Al contrario valorizzata perché deve aiutare i giovani a capire, a comprendere bene cosa è stata è cosa ha significato la lotta al nazifascismo.

La Resistenza non è stato un partito. Non poteva essere un partito. Ma essa può costituire un modello per un incontro, un colloquio, una presa di contatto, un dialogo tra tutti i paesi amanti della pace, un avvenimento fra avversari politici a intendersi, a rispettarsi, a trovare una unità per fronteggiare e vincere il terrorismo che semina terrore e morte.

A Yalta i vincitori della seconda guerra mondiale divisero il mondo in compartimenti stagni da grandi muraglie che si dissero invalicabili.

Di mura altrettanto invalicabili oggi ci attorniamo per sbarrare la strada ai migranti che fuggono dalle guerre alimentate (anche con le armi) dall'Occidente. Ci sono pure le mura del conformismo, dell'imperialismo, del colonialismo, del nazionalismo; le mura che separano la miseria dal privilegio, dalla ricchezza spudorata e corrotta che ancora non sono state abbattute.

La Resistenza era nata anche per abbattere steccati, superare divisioni.

Questo è ancora, secondo noi, il compito della Resistenza la quale porta un grande valore in sé, che deve irradiare un mondo dove ancora ci sono gli sfruttati e gli sfruttatori, i ricchi e i poveri, i lavoratori e i parassiti.

È inutile qui ricercare le colpe per le quali si è arrivati a quella divisione del mondo. Forse non c'è partito o popolo che non abbia la sua parte di colpa. Ma gli uomini che comprendono il valore della Resistenza devono fare di tutto per cercare che queste mura non diventano ancora più alte, che non diventano torridi fortilizi irte di ordigni di distruzione e ricercare i valichi sotterranei attraverso i quali, in nome della Resistenza si possa far passare ancora una voce, un sussurro, un richiamo.

Quello che unisce, non quello che ci separa: rifiutarsi sempre di considerare un uomo meno uomo solo perché appartiene a un'altra razza o a un'altra religione o a un altro partito.

Durante la lotta clandestina, quando nelle carceri fasciste i reclusi erano isolati ognuno nella sua prigione, riusciva tuttavia a farsi sentire di cella in cella, attraverso il muro, il picchiettio convenzionale, come i battiti di un cuore parlante con cui il vicino si teneva a contatto col vicino. Separati dalle mura del carcere, riuscivano ad intendersi anche attraverso il muro: anche noi, in questa età di nuove prigionie bisogna cercar di intenderci col battito del cuore attraverso i muri che dividono il mondo. Per fortuna ci sono ancora uomini che credono nei valori della Resistenza.

Ci rivolgiamo a quegli uomini: continuare, riaprire il dialogo della ragione ed educare, se ancora siamo in tempo, non in un solo partito, ma in tutti i partiti, una nuova classe politica di giovani, che portino nella vita politica quella serietà civica, quell'impegno religioso di sincerità e di dignità umana, che fu il carattere distintivo della Resistenza; questo senso di auto responsabilità, questa volontà di governarsi da sé: contro il paternalismo, contro il conformismo, contro l'immobilismo e che torni, anche in politica, il tempo della buona fede.

In questo clima avvelenato di scandali e di evasioni fiscali, di dissolutezze e di corruzioni, di persecuzioni della miseria e di indulgenti silenzi per gli avventurieri di alto bordo, in questa atmosfera di putrefazione che accoglie i giovani appena si affacciano alla vita, apriamo le finestre e i giovani respirino l'aria pura delle montagne e si risentano ancora i canti dell'epopea partigiana.

Questo è il compito purificatore della vita politica italiana che gli uomini che credono nella Resistenza, qualunque sia il loro partito hanno ancora il dovere di assolvere. E facciamo comprendere a questi ridicoli vociferatori, come ogni tanto sognano di nuovo, come nel macabro festino di Arcinazzo Romano di trovarsi a cantare le loro sconce canzoni di violenza, facciamo comprendere a questi nostalgici, che sognano un qualcosa che la storia ha già ampiamente bollato come la negazione della civiltà, che domani, se occorresse, se occorrerà, quanti si sentiranno fratelli nella Resistenza, studiosi e sacerdoti, suore ed infermieri, contadini ed operai, tutti quanti si troverebbero insieme, tutti uniti contro il mostro, tutti uniti in difesa della civiltà invisibile.

E ricordiamo pure agli esaltati che si aggirano per l'Europa che migliaia e migliaia di italiani sopportarono tutto senza piegare, che respinsero i ricatti e le lusinghe di un atto di sottomissione che li avrebbe restituiti alla servitù fascista e privati dell'onore, che affrontarono le condanne consapevoli di essere vittime predestinate di processi falsi.

Se si deve parlare di processi[11], consoliamoci rievocando un processo, quello che si svolse dinanzi ai giudici di Savona, quando Rosselli e Parri furono giudicati per aver portato in salvo Filippo Turati. Allora quegli imputati assunsero a fronte alta le loro responsabilità: non cercarono cavilli procedurali, non trovarono pretesti dilatori per aspettare l'arrivo della preannunciata amnistia.

E Ferruccio Parri, imputato parlò a quei giudici così:
«... Non mi hanno guidato ragioni di personale rancore contro il regime: non ambizioni o delusioni o vendette da soddisfare: insisto nel definire moventi strettamente secondari lo stesso sdegno del momento e la sollecitudine per l'uomo nobilissimo minacciato. Mi onoro di aver servito in pace ed in guerra lo Stato italiano con nobiltà ed abnegazione di cui non sono mancati riconoscimenti ed elogi.

Contro il fascismo non ho che una ragione di avversione: ma quest'ultima perentoria e irriducibile, perché è avversione morale: e, meglio, integrale negazione del clima fascista. Né son solo: il mio antifascismo non è fermentazione di solitaria acidità. Le mie idee sono di mille altri giovani, generosi combattenti ieri, nemici oggi del traffico di benemerenze e del baccanale di retorica che contrassegnano e colorano l'ora fascista.

Indenni di responsabilità recenti, intransigenti verso il fascismo, perché intransigenti con la loro coscienza, sono questi giovani i più veri antagonisti del regime come quelli che hanno immacolato diritto ad erigersene giudici. Ad essi il fascismo deve, e dovrà, rendere strettissimo

---

[11] Cfr. Renato Carli Ballola, 1953 - *Processo Parri* (Ceschina, 1954)

conto delle lacrime e dell'odio di cui gronda la sua storia, dei beni morali devastati, della dignità nazionale lacerata.

Il regime li può colpire, perseguitare, disperdere, ma non potrà mai avere ragione della loro opposizione, perché non si può estirpare un istinto morale. Consapevoli custodi essi sanno che alla loro coscienza è affidata per le speranze dell'avvenire la tradizione del passato.

Questa tradizione è nell'aspirazione perenne della nostra storia migliore, alla libertà e alla giustizia, ragione ideale del nostro risorgimento, ragione domani, ancora, della nostra storia, della storia del mondo.

Chi, come il fascismo ha fatto obblia e, cieco rinnega questa eredità ideale, perduti insieme freno e timore, fatalmente degrada il suo dominio politico a sopraffazione: menzogna e ipocrisia si fanno strumenti di governo e ragioni di corruzione e corrosione, cade ogni norma e limite di moralità politica, è consentita ogni offesa alla dignità personale, si disfrena, serva padrone dei potenti, la bestialità umana.

Perché questa buia parentesi di cattività sia chiusa ed espiata occorre che l'esperimento fascista, percorso tutto l'arco del suo sviluppo secondo la logica del suo impulso e del suo peso, abbia maturato nella coscienza del popolo tutti i suoi frutti amari e salutari, restituendogli ansiosa sete dei beni perduti, ferma volontà di riconquista e ferma volontà di difesa. Secondo risorgimento di popolo - non più di sole avanguardie - che solo potrà riallacciare il passato all'avvenire.

È in noi la certezza che libertà e giustizia, idee inintelligibili e mute solo ai tempi di supina servitù, ma non periture e non corruttibili perché radicate nel più intimo spirito dell'uomo, che questi due valori civili primi debbano immutabilmente sostanziare ogni sforzo di liberazione e di ascensione di classe e di popolo.

Nella fede in queste idee noi ci riconosciamo, nel dispregio di queste idee riconosciamo il fascismo. Contro le nostre persone esso ha bastone e manette; contro la nostra fede è inane. Non ha in vero che i sofismi dei suoi retori e servi.»

Bastone e manette: contumelie di retori e di servi; ma tutto questo contro la fede non conta. E la Resistenza ha dimostrato che non poteva contare.

Per questo le virtù più umane e profonde della Resistenza, l'impegno religioso, la coerenza tra pensiero e azione, la sincerità e la serietà della vita, il disdegno di tutte le transazioni e di tutte le finzioni, la fiducia ostinata che nessun disinganno potrà fiaccare, rappresentano quelle virtù profonde e non appariscenti che i giovani morti nella Resistenza hanno tramandato all'avvenire affinché i giovani le raccolgono.

UOMINI E DONNE DELL'ANTIFASCISMO

A Domenico Antonio Petruzza 02.01.1922 - 28.08.1944
Nella lotta per la libertà e l'indipendenza
contro fascisti e tedeschi
diede
esempio di virtù militari e di eroismo
il 24.08.1944
alla vigilia della Liberazione
i suoi concittadini
a perenne ricordo e riconoscenza
e
come monito ai potenti
posero
Addì 10.05.1953

Epigrafe murata sulla facciata del municipio di Lamezia Terme

CITTA' DI VENARIA REALE

PROVINCIA DI TORINO

Prot. N. 2245

Allegati N.

OGGETTO:

Venaria, li 23 Marzo 1967

Risposta foglio del 14 Marzo 1967

N. .... Div. .... Sez ....

Al Sig. S I N D A C O

di M a i d a (Catanzaro)

A seguito richiesta del 14 corr. comunico le notizie biografiche del Sig. Petruzza:

""" Sottufficiale dei Carabinieri, nei primi mesi del 1944 raggiunge le formazioni partigiane "Garibaldi" della Val di Lanzo (2° Div. Garibaldi) ed è aggregato alla squadra d'azione in bassa valle comandata da Gosti Giuseppe.

Collabora affinchè i carabinieri di Ciriè dopo un finto scontro con forze partigiane raggiungano le formazioni partigiane, in Val di Lanzo.

Ai primi di agosto 1944 passa con tutta la squadra alla 3° Div. Garibaldi al Comando diretto della 17° Brigata "Felice Cima" comandante da Mario Castagno e Sandro Natale.

Comandante di distaccamento nel contempo è presente a tutti gli attacchi nemici; prende parte al colpo organizzato all'aeronautica dove riesce a prelevare circa 200 mitraglie di ogni tipo e munizioni.

Proveniente dalla S.A.P. di Torino ove con altri tre uomini aveva prelevato n. 2 automezzi militari incappa in un posto di blocco a Venaria tenuto da reparti paracadutisti della "Nembo" ne susseguue uno scontro a fuoco che da sera inoltrata si protrae fino all'alba.

Catturato ferito, viene soppresso sul posto e legato sul cofano di un'autoblinda e portato in giro per le vie della città.

Quanto sopra è quanto ho potuto conoscere da un comandante partigiano.

IL SINDACO

Foto 1 - **Lettera del Prosindaco di Venaria Reale al Sindaco pro tempore di Maida Luigi Scicchitano**

Domenico Antonio Petruzza

Nato a Nicastro il 2 gennaio 1922, fece il corso per sottufficiale dei Carabinieri reali a Firenze e, appena promosso, fu mandato in Croazia, poi in Francia, poi in Valle d'Aosta. Scriveva ad amici di Nicastro che era disgustato, stufo di prestare servizio e che desiderava vivamente liberarsene. Sorti i gruppi partigiani, egli usciva dalla Caserma quasi quotidianamente portando con sé le armi che poteva e rientrava senza di esse. Si seppe poi che le armi finivano nelle mani degli insorti. Uguale fine facevano le armi che a lui venivano consegnate dalla 11a brigata Garibaldi che operava a Venaria Reale, che dista circa 11 chilometri da Torino, dove era incaricato del rifornimento viveri. Nella notte del 24 agosto del 1944 incappò in un posto di blocco nazista. Posto sul cofano dell'autovettura, egli si mise a sparare precipitosamente a destra e a manca fino a quando una pallottola di mitra nazista non lo raggiunse alla colonna vertebrale. Pur così gravemente ferito, per non essere catturato, volse il mitra contro sé stesso e si uccise. I nazisti, facendo scempio di ogni sentimento umano, portarono in giro il suo cadavere per terrorizzare la popolazione.

Non possediamo la motivazione ufficiale, e riteniamo per giusto riportare la versione offerta dalla sezione dell'ANPI di Nicastro con la lettera inviata al Sindaco del Comune in data 5 maggio 1953: "Oggetto: Lapide Partigiano Petruzza Domenico. Questa associazione si pregia comunicarle che, aderendo alla iniziativa di un Comitato sorto per le onoranze al Partigiano caduto Petruzza Domenico, questa Sezione si propone di scoprire una lapide al detto Partigiano il giorno 10 c.m. Il partigiano Petruzza Domenico, vicebrigadiere dei Carabinieri, come comandante di un distaccamento dell'11a brigata Garibaldi operante a Venaria Reale, condusse a termine una serie di azioni di guerra con rara abnegazione e coraggio fino a quando, catturato in data 25/8/1945 mentre compiva una azione importante nelle sue zone ove erano dislocati i comandi nazisti e fascisti, fu vilmente assassinato e morì cantando gli inni della libertà. Pertanto, chiediamo che si conceda il muro a destra della lapide di Vinicio Cortese per la posa in marmo commemorativo e La invitiamo a partecipare alla manifestazione del 10. Distinti saluti. Per la Segreteria f.to Timpone Pasquale".[12]

---

[12] Brano tratto da: *Partigiani di Calabria* - Enzo Misefari Luigi Pellegrini Editore - Cosenza (1988)

Filippo Caruso[13]

Nel 1944 a Roma, durante l'occupazione tedesca, si costituirono formazioni di resistenza per contrastare le sopraffazioni e la tracotanza degli occupanti.

Accanto ai G.A.P. (Gruppi di Azione Patriottica) ai quali aderirono giovani operai e intellettuali antifascisti capeggiati dal comunista Giorgio Amendola, agiva una formazione di militari fedeli alla Monarchia alla cui testa era il Generale dei Carabinieri Filippo Caruso, calabrese di Casole Bruzio.

Il Generale Caruso nel 1943, dopo la seduta del Gran Consiglio che aveva sfiduciato Mussolini, aveva proceduto su ordine del Re all'arresto del dittatore.

La formazione dei resistenti militari prese il nome di Banda Caruso dal nome del suo capo.

A seguito di una spiata, il Generale Caruso fu sorpreso presso una trattoria della Signora Perilli, in via Attilio Regolo nel quartiere Prati, madre del giovanissimo partigiano comunista Santino Perilli.

Il Generale Caruso, di fronte ai militari tedeschi che lo volevano arrestare, si portò in bocca dei documenti che contenevano informazioni preziose e li ingoiò prima di essere prelevato e tradotto nella famigerata prigione di via Tasso (ora diventata monumento nazionale) ove venivano imprigionati e seviziati gli antifascisti catturati dai tedeschi.

Il Generale, interrogato e barbaramente torturato, portò sul corpo per tutta la vita i segni di quelle sevizie.

---

[13] Testimonianza resa da Alessandro Miceli il giorno 24 agosto 2015 nel residence "Rada Siri" di Montepaone Lido

I tedeschi lo condannarono a morte e, mentre lo stavano portando su un camion in un luogo per essere fucilato, riuscì in maniera fortuita e rocambolesca a sfuggire ai suoi aguzzini.

Altri martiri, tra i quali il sindacalista Bruno Buozzi, furono fucilati alla Storta, località sulla via Cassia alle porte di Roma.

Per il suo eroismo, il Generale Caruso, fu insignito dalla medaglia d'oro e divenne un fulgido esempio di patriottismo per l'Arma dei Carabinieri e per tutti gli italiani.

P.S.: Nell'immediato dopoguerra si sviluppò, tra la mia famiglia e quella del Generale Caruso, un intenso rapporto di amicizia che durato e si è viepiù rafforzato nel corso degli anni.
I nostri genitori si stimarono, mia sorella Wanda ed io avevamo una affettuosa frequentazione quotidiana con Rosi, Sandra e Giovanna, figlie del Generale e nostre coetanee.
Le nostre vicende umane si sono intrecciate e i nostri rapporti sono rimasti sempre vivi nel tempo.
Siamo rimasti soltanto Giovanna e il sottoscritto a testimoniare la storia di una grande amicizia.

LA PROMOZIONE E LA MEDAGLIA D'ORO AL VALOR MILITARE

Per il complesso delle sue attività partigiane, Filippo Caruso conseguì la promozione a Generale di Divisione per merito di guerra (le parole dell'allora Comandante Generale Taddeo Orlando sono da sole idonee a delineare la figura dell'Ufficiale: *«...eccelle per fattiva operosità, vibrante spirito militare, profondo sentimento del dovere, spiccata integrità di carattere ed illuminata esperienza. Quadrata e generosa tempra di soldato, trascinatore di uomini e suscitatore di energie, organizzatore e realizzatore esperto ed infaticabile, ha improntato di sé tutti i suoi reparti in salda e mirabile gara oltre il dovere»*) e fu insignito della Medaglia d'Oro al Valor Militare: *«All'atto dell'armistizio»*, recita la motivazione *"«sebbene non più in servizio, si schierava contro l'aggressore tedesco formando ed alimentando personalmente le prime organizzazioni armate clandestine. Comandante di formazioni partigiane di Carabinieri operanti in Roma, identificato e tratto in arresto, malgrado la minaccia delle armi, riusciva, dopo furibonda colluttazione con gli scherani nemici, ad inghiottire documento compromettente per la vita dei suoi più diretti collaboratori. Tradotto al carcere di via Tasso e sottoposto ad estenuanti interrogatori e crudeli sevizie, manteneva contegno fiero e sprezzante rifiutando qualsiasi rivelazione pur non avendo taciuto la sua qualità di Comandante di bande armate. Alla vigilia della Liberazione, nell'imminenza della esecuzione capitale decretata nei suoi confronti dal nemico, pur consapevole della sorte che lo attendeva, con sovrumana serenità e con stoicismo di martire scriveva alla moglie parole sublimi di esortazione e di rassegnazione ed espressioni nobilissime per il destino della Patria e delle persone care. Incuorava poscia i compagni di prigionia, esaltandone il sacrificio, e lanciava in faccia agli sgherri teutonici il grido irrefrenabile "Viva l'Italia!". Evaso miracolosamente all'ultima ora ed ancora dolorante e sanguinante per le gravi ferite infertegli dai suoi aguzzini, correva a riprendere il comando dei reparti Carabinieri operanti a tutela della Capitale. Segnava così traccia indelebile delle sue eroiche virtù militari e del sublime amor di Patria.»*
Roma, 29 maggio 1944 - 4 giugno 1944

Da IL CARABINIERE aprile 2017

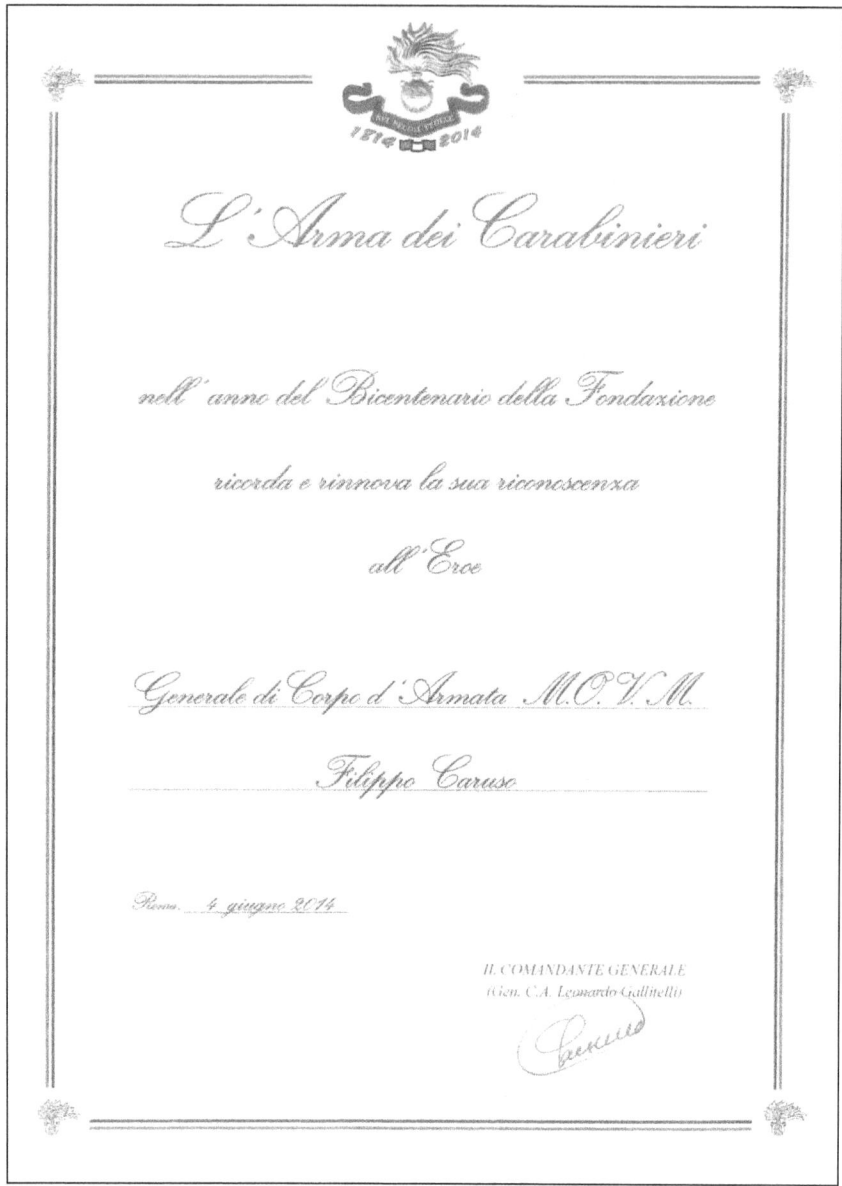

Foto 2 - Riconoscenza all'Eroe Generale di Corpo d'Armata M.O.V.M., Filippo Caruso

L'arresto di Mussolini nella relazione «Arresto-Detenzione-Liberazione di Mussolini», redatta dal generale dei carabinieri Filippo Caruso dopo la liberazione di Roma

Dalla relazione del generale dei carabinieri Filippo Caruso l'arresto di Mussolini

"In nome di Sua Maestà..."

IL GENERALE Cerica, calmo pur nel pallore del viso che tradiva la sua intima commozione, fissa negli occhi i suoi dipendenti e dice all'incirca:

«Vi affido un compito di estrema gravità per il quale so di non fare invano appello al vostro alto senso del dovere. Oggi, fra qualche ora anzi, voi dovete arrestare Mussolini che, messo questa notte in minoranza nella seduta del Gran Consiglio del fascismo, si recherà dal sovrano e sarà sostituito nelle sue funzioni del capo del governo...».

Nessuna consegna forse apparve più ardua di questa ai bravi ufficiali che tuttavia senza batter ciglio rispondono, quasi ad una sola voce ed in tono fierissimi, con due parole: «Sta bene...» [...]

Sotto il sole infuocato e nel silenzio innato sul meriggio gli ufficiali riuniscono il personale in un piccolo cerchio ed il capitano Vigneri rivela loro, a bassa voce, e finalmente, la grande consegna. S'impartiscono rapidamente le istruzioni di dettaglio. Poi torna il silenzio, rotto solo da un sordo acciottolio proveniente dalle non lontane cucine reali. I carabinieri, che in un primo tempo nella caserma Pastrengo avevano accolto con qualche perplessità l'annuncio fittizio del rastrellamento dei paracadutisti lanciati dagli aerei nemici, ora intuiscono di essere i modesti protagonisti d'un grande evento, si rianimano commossi, bisbigliano tra loro qualche commento, ma si mostrano seriamente decisi, pronti e risoluti.

L'attesa è tuttavia snervante. I due capitani, compagni d'accademia e vecchi amici, si scambiano qualche impressione e, reciprocamente, si ripetono i dettagli dell'impresa imminente. Giunge finalmente – com'era atteso – il ten. colonnello Frignani, che veste l'abito civile. Avverte due ufficiali che Musso-

lini, il quale aveva avuto in precedenza fissata l'udienza dal Sovrano, arriverà in ritardo sull'ora prevista.

Entra poi nella villa dall'ingresso secondario – a levante – per prendere gli ultimi accordi con i funzionari della Real Casa e, dopo qualche minuto, ritorna presso i suoi uomini.

Si dimostra però turbato e contrariato, perché vi sarebbero delle riluttanze per l'arresto del Duce sulla soglia della villa reale. Tuttavia si ricompone subito, deciso e risoluto, esclama: «noi in ogni caso lo arrestiamo ugualmente». Il ten. colonnello Frignani ha nelle vene sangue generoso, che più tardi bagnerà il luogo sacro del martirio ardeatino. Egli sente indubbiamente la passione dell'ora che volge: egli intuisce la necessità di non dare tempo al capo del governo spodestato di riaversi dal duro colpo e di tentare di scatenare o di tentare di scatenare un movimento di reazione, le cui conseguenze potrebbero riuscire fatali per il nostro Paese. Ma, da vero soldato, si rende conto che è indispensabile saper frenare i generosi impulsi del cuore ed agire con tempestiva ponderatezza. Rientra di nuovo nella villa e ne esce poco dopo con la notizia che Mussolini si trova ancora a colloquio col sovrano e che l'arresto si farà. Ma non c'è tempo da perdere ormai. Il questore Marazzini intanto, col pretesto di una urgente chiamata telefonica, ha attirato in un punto lontano dalla villa l'autista del Duce, che così è stato immobi-

lizzato.

I cinquanta carabinieri vengono lasciati sul lato settentrionale dell'edificio, pronti ad accorrere al primo cenno, mentre i due capitani, i tre vicebrigadieri ed i tre agenti di P.S. armati di mitra si portano sul lato orientale. Si fa avanzare l'autoambulanza fino a pochi metri dall'ingresso dal quale uscirà Mussolini, ma in modo da non essere notata.

Proprio nell'angolo sta fermo un famiglio fidato con la consegna di allontanarsi allorché il capo del governo comparirà in cima alle scale. È questo il segnale convenuto per agire. Sullo stesso lato, a ridosso della siepe, è in sosta, priva dell'autista, la macchina di Mussolini. A pochi metri di distanza il capitano Vigneri dispone i tre agenti di P.S. con le armi pronte e con l'ordine d'intervenire soltanto in caso di necessità e sempre al primo cenno. Poi, insieme al collega Aversa, si colloca di fronte, presso il muro della villa, con a tergo i tre sottufficiali.

Una ventina di metri più indietro, sostano il ten. colonnello Frignani ed il questore Marazzini, i quali si avvicineranno solo quando Mussolini sarà salito sull'autoambulanza.

Ad un certo momento il famiglio si allontana. È l'ora. Il piccolo gruppo, formato dai due capitani e dai tre vicebrigadieri, avanza e – quasi contemporaneamente – si scorge il duce mentre discende gli ultimi gradini della scalinata insieme al suo segretario particolare De Cesare. Ve-

stono entrambi l'abito scuro: Mussolini con un completo blu ed un cappello floscio. Egli deve aver notato all'ultimo istante l'insolito apparato, tanto che trasalisce visibilmente.

Il capitano Vigneri gli va incontro e, stando sull'attenti, dice: «Duce in nome di S.M. il Re vi preghiamo di seguirci per sottrarvi ad eventuali violenze da parte della folla».

Mussolini allarga le mani nervosamente serrate su una picola agenda e con un tono stanco, quasi implorante, risponde: «Ma non ce n'è bisogno!»

Il suo aspetto è quello d'un uomo moralmente finito, quasi distrutto: ha il colorito del malato e sembra persino più piccolo di statura.

«Duce, – risponde il capitano Vigneri, – io ho un ordine da eseguire».

«Allora seguitemi» risponde Mussolini e fa per dirigersi verso la sua macchina.

Ma l'ufficiale gli si para dinnanzi:

«No, Duce, – gli dice, – bisogna venire con la mia macchina».

L'ex capo del governo non ribatte altro e si avvia verso l'autoambulanza, col capitano Vigneri alla sua sinistra; segue De Cesare, con a fianco il capitano Aversa.

Dinnanzi all'autoambulanza Mussolini ha un attimo di esitazione, ma Vigneri lo prende per il gomito sinistro lo aiuta a salire. Siede sul sedile di destra.

Sono esattamente le ore 17.20.

Dopo, sale De Cesare e si mette a sedere di fronte al suo capo. Quando anche i sottufficiali e gli agenti si accingono a montare, il Duce protesta: «Anche gli agenti?! No!!»

Vigneri allarga le braccia come per fargli capire che non c'è nulla da fare e, rivolgendosi deciso ai suoi uomini, ordina: «Su ragazzi, presto!!!» [...]

L'uomo, già potente e temuto, va incontro al suo fatale destino anche se ritardato da illusori eventi.

Ma anche due dei tre bravi soldati sono predestinati al martirio, vittime purissime del dovere.

Foto 3 - Da "La Repubblica" del 30 ottobre 1990

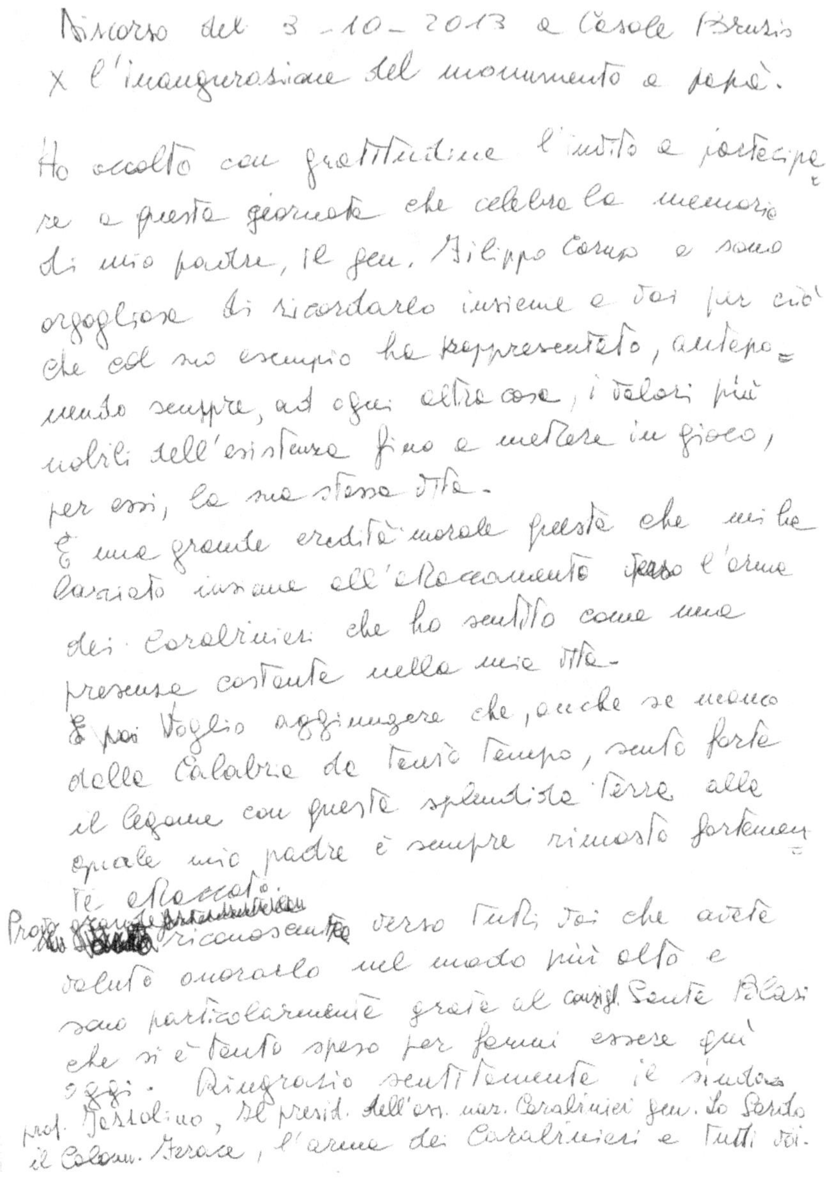

Discorso del 3-10-2013 a Cesole Brusis
x l'inaugurasione del monumento a papà.

Ho accolto con gratitudine l'invito a partecipare a questa giornata che celebra la memoria di mio padre, il gen. Filippo Corso e sono orgogliosa di ricordarlo insieme a voi per ciò che col suo esempio ha rappresentato, anteponendo sempre, ad ogni altra cosa, i valori più nobili dell'esistenza fino a mettere in gioco, per essi, la sua stessa vita.

È una grande eredità morale questo che mi ha lasciato insieme all'attaccamento spesso l'arma dei Carabinieri che ho sentito come una presenza costante nella mia vita.

E poi voglio aggiungere che, anche se manca dalle Calabrie da tanto tempo, sento forte il legame con queste splendide Terre alle quale mio padre è sempre rimasto fortemente attaccato.

Prof...... riconoscente verso Tutti voi che avete voluto onorarlo nel modo più alto e sono particolarmente grata al conigl. Sente Blasi che si è tanto speso per farmi essere qui oggi. Ringrazio sentitamente il sindaco prof. Testolino, il presid. dell'ass. naz. Carabinieri gen. Lo Sorito il Colon. Gerace, l'arma dei Carabinieri e Tutti voi.

Foto 4 - Discorso di Giovanna Caruso (figlia del Generale Filippo Caruso)

Foto 5 - Casole Bruzio, 2 settembre 2013. La scopertura del monumento effettuata dalla figlia del Generale

***

La vita e la storia ci dicono che i cambiamenti arriveranno se non ci arrenderemo.

La nostra storia, la storia dell'Italia, è fatta di ottimismo, di conquiste e di lotte continue.

Il nostro è un paese in cui la gente comune trova nel proprio cuore il coraggio di fare cose straordinarie, il coraggio di opporsi alle più feroci avversità e afflizioni e dire cosa è sbagliato e cosa è giusto.

Non ci accontenteremo di quello che certuni vogliono farci credere per tentare di assolvere il nazifascismo.

Il nazifascismo fu sconfitto dagli Usa, dall'Inghilterra, dalla Francia, da grande parte del popolo italiano.

Se volgiamo lo sguardo ad est dell'Europa non possiamo non ricordare l'immane sacrificio di quelle popolazioni; noi italiani ricordiamo perfettamente gli immaginabili sacrifici del popolo sovietico durante la seconda guerra mondiale.

Viviamo in un mondo in cui i nostri ideali verranno continuamente messi alla prova da forze che potrebbero trascinarci di nuovo in un conflitto o nella corruzione. Non possiamo affrontare queste prove facendo affidamento sugli altri. Le politiche dei nostri governi e i principi dell'Unione europea, faranno una differenza cruciale nello stabilire se l'ordine internazionale, che numerose generazioni prima di noi si sono sforzate di creare, farà passi avanti.

E la domanda a cui tutti dobbiamo rispondere è la seguente: che tipo di mondo, che tipo di Europa, che tipo di Italia eroi come il Generale Filippo Caruso e il Vicebrigadiere Domenico Antonio Petruzza avrebbero voluto?

Noi crediamo che se teniamo fede ai loro principi, e siamo disposti a sostenere le loro convinzioni con coraggio e determinazione, allora alla fine la speranza avrà la meglio sulla paura, e la libertà continuerà a trionfare sulla tirannide, perché questo è ciò che da sempre infiamma gli animi degli uomini.

**

È un raro onore nella vita di chiunque calcare le orme dei suoi eroi. E il Generale Filippo Caruso e il Vicebrigadiere Domenico Antonio Petruzza sono dei nostri eroi.

Stiamo "rivisitando" questo lavoro nel silenzio del nostro appezzamento di terreno denominato "Piano delle donne", dove si riunivano clandestinamente gli antifascisti maidesi. Altri punti di incontro segreti furono la fabbrica dei F.lli Colistra e l'abitazione di Antonio Colistra, mio padre.

I tempi sono cambiati. Siamo soli. Ma idealmente siamo con i nostri eroi per ricordare chi lottò e chi sacrificò la propria vita per consegnarci un'Italia libera. Per rendere omaggio al coraggio di comuni italiani disposti a sopportare i rischi, le torture, il carcere, la morte. Donne e uomini che, nonostante tutto rimasero concentrati sulla loro stella polare e continuarono a lottare.

Comunisti, socialisti, democristiani, liberali, sacerdoti, suore attendono alle indicazioni delle Scritture: *«lieti allegri nella speranza, costanti nella tribolazione perseveranti nella preghiera»*.

Ciò che essi fecero riecheggerà nei secoli.

Non perché il cambiamento che conquistarono fu inevitabile, non perché la loro vittoria fu totale ma perché dimostrarono che l'amore e la speranza possono vincere sull'odio. Che il loro sacrificio valse a ridarci un'Italia libera dal giogo straniero e dalle torture fasciste.

Mentre scriviamo le loro imprese non dobbiamo dimenticare che tutti gli uomini al potere li condannarono e li fecero uccidere. La loro fede fu messa in dubbio. Le loro vite minacciate. Il loro patriottismo messo in discussione.

Allora venivano chiamati comunisti, degenerati sessuali e morali e peggio ancora... venivano chiamati in tutti i modi tranne che con il nome ricevuto dai propri genitori, questi uomini che scelsero spontaneamente di lottare contro il nemico - sconosciuti, oppressi, sognatori non di alto rango, non destinati a una vita di agi e privilegi, non di una sola idea politica ma di tante - che si raccolgono, si uniscono, lottano per cambiare il corso del proprio paese?

Stiamo ricordando uomini che credevano nelle cose che non si vedevano. Uomini che credevano che in lontananza, potessero esserci giorni migliori. Uomini che credevano che i loro sforzi, le loro sofferenze, i loro dolori, la loro gioventù spezzata da mani nemiche avrebbero dato una vita migliore a coloro che sarebbero venuti dopo di loro.

LILIANA SEGRE
LEGGI RAZZIALI E LAGER: LA MARCIA DI LILIANA
FINO A PALAZZO MADAMA

Esempio vivente, il presidente della Repubblica Sergio Mattarella nomina la Segre, sopravvissuta ad Auschwitz e testimone dell'antisemitismo, senatrice a vita.

Sono trascorse da poco le undici del mattino. Liliana Segre è ancora a casa, si sta preparando per le cerimonie del primo pomeriggio - la posa di alcune "pietre d'inciampo" per ricordare le vittime del nazismo - quando squilla il telefono di casa. È la "batteria" del Quirinale: *"Il presidente della Repubblica desidera parlarle"*.

La Segre ignora per quale motivo. Forse vogliono coinvolgerla in qualche manifestazione ufficiale legata alla Giornata della Memoria. Si sbaglia. Il presidente Mattarella le annuncia che ha deciso di nominarla senatrice a vita. Alla Segre manca il respiro, per l'emozione. Lo ringrazia e assicura quale sarà il suo impegno: *«Porterò in Senato la voce degli umiliati dalla Patria che amavano, cercherò di perpetuare la memoria, contrastare il razzismo, costruire un mondo di fratellanza, comprensione e rispetto, in linea con i valori della nostra Costituzione finché avrò forza a raccontare ai giovani l'orrore della Shoah, la follia del razzismo, la barbarie della discriminazione e della predicazione dell'odio.»*

Il presidente Mattarella si convince che la sua è stata una scelta coraggiosa, opportuna e anche politicamente significativa: la nomina della Segre, una personalità di altissimo profilo, in fondo può essere letta anche come una ferma presa di posizione contro chi voleva stravolgere Senato e Costituzione. Per Robert Jarach, vicepresidente dell'Unione delle comunità ebraiche italiane e della Fondazione Memoriale della Shoah, "Vedremo finalmente sedute in Parlamento l'etica, la morale, la Storia."

Segre vuol subito far sapere che la sua nomina non è stata sponsorizzata dai partiti, *"Non ho mai fatto politica attiva...sono una persona comune, una nonna con una vita ancora piena di interessi e impegni."* Ma è consapevole che lei è stata vista come una sorta di baluardo contro le pericolose derive razziste, xenofobe e antisemite che crescono nel paese. Lei è una sopravvissuta dell'Olocausto, non suo padre Alberto col quale venne deportata ad Auschwitz: *"Certamente il presidente ha voluto onorare, attraverso la mia persona, la memoria di tanti altri in questo anno 2018 in cui ricorre l'ottantesimo anniversario delle leggi razziali. Sento su di me l'enorme compito, la grave responsabilità di tentare almeno, pur con tutti i miei limiti, di portare nel Senato le voci ormai lontane che rischiano di perdersi nell'oblio. Le voci di quelle migliaia di italiani, appartenenti alla piccola minoranza ebraica, che nel 1938 suscitarono le umiliazioni di essere degradati... che furono espulsi dalle scuole, dalle professioni, dalla società dei cittadini di serie A".*

Non ha mai dimenticato, Liliana il giorno che le impedirono di entrare a scuola. Aveva otto anni.

E la colpa di essere nata ebrea. La discriminazione tolse voce e identità: gli ebrei vennero perseguitati, braccati, deportati per la "soluzione finale". La Segre vuole che non ci si dimentichi mai di loro, di chi non ha più tomba, di chi è svanito nel vento: *"Salvare queste storie, coltivare la Memoria è ancora oggi un vaccino prezioso contro l'indifferenza e ci aiuta, in un mondo così pieno di ingiustizie e di* imprigionati; decise di continuare da solo il lavoro in modo inusitato.

Mentre finora l'«*Alleanza Nazionale*», prima di essere scoperta, era riuscita a diffondere, attraverso le cassette postali di Roma, non più di qualche centinaia di lettere di propaganda, egli pensò che sorvolando Roma con un aeroplano avrebbe potuto lanciare in pochi minuti centinaia di migliaia di questi foglietti antifascisti: e decise senz'altro di tentare l'impresa.

Le difficoltà pratiche che incontrò nel prepararla, economiche, politiche e tecniche sono indescrivibili.

Dopo che l'«*Alleanza Nazionale*» era stata scoperta e il processo aveva rivelato la parte da lui presavi, egli aveva dovuto rinunciare al suo impegno in America.

Era rimasto profugo e povero; per acquistare un aeroplano e per imparare a guidarlo, lui che non sapeva neanche andare in motocicletta, occorrevano mezzi ingenti.

Allora a Parigi, dove s'era rifugiato, si impiegò come portiere e telefonista di un albergo e con l'economia fatta in quel modo (i clienti che gli davano la mancia non si immaginavano che in quel portiere cortese e compito si nascondesse un poeta che si preparava a morire per la libertà) riuscì in pochi mesi ad avere quanto occorreva per acquistare l'aeroplano e le nozioni elementari occorrenti per guidarlo e orientarsi nella trasvolata.

I particolari di questa preparazione, perseguita con una eroica ostinazione attraverso miracoli di ingegnosità e di segretezza meriterebbero un lungo racconto.

Cominciò a imparare l'uso dell'aeroplano in aprile, in un campo privato di aviazione vicino a Versailles. Il 25 maggio fece il primo volo da solo. Ma si sentiva sorvegliato; allora si trasferì a Londra sotto falso nome e qui riuscì ad acquistare un piccolo aeroplano da turismo.

L'aeroplano, dopo molte difficoltà di dogana, riuscì a partire: arrivò l'11 luglio in Corsica, nel luogo destinato; ma nell'atterrare si ruppe un'ala, sparpagliando i fogli di propaganda che già vi erano caricati. L'impresa era fallita e, quel che è peggio, per la pubblicità che ebbe quell'incidente, il proposito non era più segreto.

«*Occorreva* -ha scritto ancora Salvemini narrando questo episodio- *una forza di volontà sovrumana per ricominciare da capo. Lauro de Bosis ricominciò...*»

Questa volta andò in Germania. Sotto il nome inglese di mr. Morris, spacciandosi per un agente di affari che aveva bisogno di viaggiare per il suo commercio, riuscì ad acquistare un altro aeroplano e a impratichirsene.

I due meccanici tedeschi che lo avevano aiutato, portarono l'apparecchio al campo di Cannes, alla data fissata del 2 ottobre: Lauro era già a Marsiglia. Il 3 ottobre l'aeroplano passò dall'aeroporto di Cannes a quello di Marignan presso Marsiglia: di lì alle tre pomeridiane, Lauro de Bosis, solo su quel piccolo aereo bianco e rosso, con l'esperienza di sole sette ore e mezzo di volo, spiccò la traversata verso Roma.

Ma di questa incredibile avventura, la circostanza più commovente e più sublime, perché dimostra la serena e ferma consapevolezza con cui Lauro de Bosis andò incontro al destino da lui scelto, è questa che, la mattina dello stesso giorno in cui partì a volo, egli aveva impostato, indirizzando all'amico Ferrari, una specie di resoconto anticipato della sua impresa e della sua morte, ch'egli aveva scritto in francese e che egli stesso aveva intitolato *Histoire de ma mort*.

Questa impassibile e spietata previsione del suo destino, del destino da lui volontariamente prescelto, ci pare che si debba riavvicinare, per intendere a pieno la figura di Lauro de Bosis, all'ispirazione che circola in tutto il dramma di *Icaro*, scritto quattro anni prima; ma quello che nel dramma era soltanto una *sofferenze, a ricordare che ciascuno di noi ha una coscienza. E la può usare".* Certo, *"Non dimenticando e non perdonando - l'ho sempre fatto - ma senza odio e spirito di vendetta: sono una donna di pace e una donna libera: e la prima libertà è quella dall'odio."*

***

Shoah. È necessario, a nostro parere parlare ai giovani del passato perché non può essere dimenticato. Bisogna parlare con le giovanissime generazioni che devono avere una coscienza e conoscenza critica della Shoah.

Perché quanto abbiamo scritto sopra avvenga ci sembra che siano necessarie tre condizioni che liberino i nostri ragazzi dalla persuasione di ascoltare fiction e storie di guerra, quando gli adulti parlano loro degli anni e degli eventi delle persecuzioni razziali, avvenuti non in continenti lontani, ma in Europa, in Italia.

La prima condizione è di coinvolgere i propri figli o allievi o ascoltatori giovani in episodi avvenuti in luoghi che conoscono, o che sono vicini o che possono visitare e verificare. A cominciare, nei casi in cui è possibile, dall'edificio della scuola che ancora adesso frequentano.

La seconda condizione è di stabilire un contatto con le testimonianze, i libri, i film, e - dove è ancora possibile - le persone. In questo senso la decisione del presidente della Repubblica di nominare senatrice a vita una grande testimone della Shoah come Liliana Segre (e di farlo proprio nei Giorni della Memoria) è una grande iniziativa storica, morale, pedagogica. Ha conferito la piena autorità di rappresentanza del paese a una persona che lo stesso Paese, l'Italia, aveva mandato a morte per le ignobili leggi razziali, che l'Italia fascista aveva approvato al grido di "Viva il duce!" È bene ricordare sempre il legame stretto e diretto tra fascismo e razzismo.

La terza condizione è di far sentire ai ragazzi che anche adesso vivono in un mondo che discrimina e perseguita. Chiudere le frontiere della civilissima Europa alle famiglie superstiti che fuggono. Dalla disperazione, dalla guerra, dalla persecuzione, dalla fame, è colpa grave e complicità in un altro tipo di genocidio. Chiudere il mar Mediterraneo, e se possibile, i deserti africani per impedire l'arrivo in Italia di essere umani che non hanno altra salvezza, è un delitto.

I ragazzi lo devono sapere e imparare che il passato non è mai passato. E se provano uno scatto di sdegno e una spinta di solidarietà, questo è il momento per non imitare i tanti italiani indifferenti e assenti di allora, che hanno permesso il delitto della Shoah.

"Il cammino dell'umanità è purtroppo costellato da stragi, uccisioni, genocidi. Tutte le vittime dell'odio sono uguali e meritano uguale rispetto. Ma la Shoah per la sua micidiale combinazione di delirio razzista, volontà di stermini, pianificazione burocratica, efficienza criminale, resta unica nella storia d'Europa."

"Le leggi razziali - continua il presidente della Repubblica Sergio Mattarella, nel suo intervento alla celebrazione del Giorno della Memoria, al Quirinale - *rappresentano un capitolo buio, una macchia indelebile, una pagina infamante della nostra storia. Con quelle leggi - prosegue Mattarella - si rivela al massimo grado il carattere disumano e il distacco definitivo della monarchia dai valori del Risorgimento e dello Statuto liberale"*.

"Sentir dire che il fascismo ebbe alcuni meriti ma fece due gravi errori: le leggi razziali e l'entrata in guerra, è un'affermazione gravemente sbagliata e inaccettabile, da respingere con determinazione. Razzismo e guerra - aggiunge Mattarella - *non furono deviazioni o episodi rispetto al modo di pensare del fascismo ma diretta e inevitabile conseguenza."*

"Ci sono certi cancelli e certi fili spinati che la mente e il cuore non possono più superare, da cui non si può più uscire ed entrare…"

Sono le parole semplici e strazianti con cui la senatrice Liliana Segre ha risposto alla bambina che le chiedeva come mai non fosse più voluta tornare nel campo di concentramento in cui è stata internata.

"Non posso dimenticare la notte del 2 agosto 1944..." Comincia così la risposta del sopravvissuto Piero Terracina a Gennaro Spinelli, rappresentante della comunità rom. *"Noi - spiega commosso - eravamo nel campo della morte e ogni giorno, ogni notte eravamo sottoposti ad atroci selezioni. Chi andava a destra finiva nel forno crematorio. Ne ho superate tante. Vicino a noi c'era il campo dei sinti rom: loro avevano ancora i bambini, i capelli, i loro vestiti. Pensavano si sarebbero salvati e sarebbero tornati liberi per il mondo come erano sempre stati. Una notte piombarono le SS e noi tememmo che ci avrebbero sterminati tutti. Invece andarono da loro... La mattina, oltre il filo spinato c'era solo un agghiacciante silenzio. Il fumo nero dei forni crematori ci disse il resto. In una notte li sterminarono tutti quanti. Ho visto tante cose terribili, ma non posso dimenticare la notte atroce dello sterminio degli zingari."*

***

Il Giorno della Memoria è una data necessaria da ricordare perché le nuove generazioni non dimentichino mai le atrocità subite da innocenti.

Il Giorno della Memoria corre un rischio da evitare: l'assuefazione, la noia e, alla lunga, il rigetto di chi dice: *"non ne posso più di questi che stanno sempre a piangere."*

La Shoah: *"è accaduto, può ripetersi."*

LAURO DE BOSIS
«VARRÒ PIÙ MORTO CHE VIVO»

Circa venti anni fa la sera del 3 ottobre 1931, poco dopo il tramonto, i passanti che ancora affollavano le vie di Roma ebbero la sorpresa di sentire sopra le loro teste il rombo di un motore e di scorgere nel cielo del crepuscolo un piccolo aeroplano da turismo, bianco e rosso che roteava in cerchi sempre più bassi, lanciando, fin quasi a rasentare i tetti, nuvoli di manifesti.

Piazza Venezia, il Corso, Palazzo Chigi. Sulla scalinata della Trinità dei Monti, parve quasi che risalisse i gradini, tanto volava basso.

Il suo passaggio si lasciava dietro una scia di foglietti bianchi, turbinati nell'aria.

I viali del Pincio e di Villa Borghese ne furono ricoperti; il giardino del Quirinale ne fu imbiancato come una nevicata.

Volava così basso, che pareva riconoscesse gli obiettivi e avesse tempo di mirar giusto; ne lanciò sugli spettatori in un cinematografo all'aperto; sui tavolini di un affollato caffè di piazza.

Fu uno spettacolo di audacissima acrobazia che riempì di ammirazione e di trepidazione chi ne fu testimone.

In quei foglietti si leggevano parole che sembravano, in quel tempo venute da un altro mondo:

«Cittadini... fino a quando tollererete l'uomo che tiene schiava l'Italia intera? Da nove anni vi dà ad intendere che torna conto sacrificare libertà e coscienza pur d'avere un governo forte e capace. Dopo nove anni vi accorgerete che avete avuto non solo il più tirannico e il più corrotto, ma anche il più bancarottiere di tutti i governi. Avete rinunciato alla libertà per vedervi tolto anche il pane!... Chiunque tu sia, tu certo imprechi contro il fascismo e ne senti tutta la servile vergogna. Ma anche tu sei responsabile colla tua inerzia. Non cercarti un'illusoria giustificazione col dirti che non c'è nulla da fare. Non è vero. Tutti gli uomini di coraggio e di cuore lavorano in silenzio per preparare un'Italia libera... Abbiate fede nell'Italia e nella libertà. Il disfattismo degli italiani è la vera base del regime fascista. Comunica agli altri la tua fede e il tuo fervore. Siamo in pieno Risorgimento. I nuovi oppressori sono più corrotti e più selvaggi di quelli antichi, ma cadranno egualmente...»

Da molti anni non si leggevano in Italia parole di questo accento. La gente inseguiva correndo i foglietti che roteavano nell'aria, li leggeva con occhi umidi, col cuore che batteva: i foglietti passavano di mano in mano. Ma i più prudenti li laceravano per timore di essere veduti da qualche spia...

Questa audacissima acrobazia aerea durò quasi mezz'ora. Furono lanciati su Roma così più di quattrocento mila manifesti. L'aviazione di Balbo, che si diceva allora vigile e armatissima, non fece a tempo a svegliarsi: arrivò a cose fatte, quando già l'aeroplano misterioso, esaurito il suo carico di appelli antifascisti, era sparito nella notte. Era sparito per sempre. La mattina dopo la stampa fascista pubblicò, secondo l'ordine ricevuto dall'alto, appena una notizia laconica in tre righe, senza neanche dire il nome dell'aviatore. Un giornale di Roma usò questo titolo. «Una carogna.» Questa «carogna» era Lauro de Bosis.

Quando egli volò su Roma non aveva compiuto i trent'anni. Nato a Roma, da origine anconetana, il 9 dicembre 1901, era figlio del poeta Adolfo de Bosis, fondatore di una rivista celebre ai suoi tempi, il «Convito», sulla quale il Carducci pubblicò la *Canzone di Legnano*. Cresciuto in mezzo ai letterati e agli artisti amici del padre, il giovinetto fu naturalmente portato alla poesia e diede alle stampe, appena adolescente i primi versi. Ma poi, per disciplina di stile da lui stesso voluto, si dette, vent'enne, a tradurre tragedie classiche dal greco e vari libri dall'inglese, che era la lingua di sua madre. Ma l'opera sua più originale e più sorprendente fu, nel 1927, un dramma lirico intitolato *Icaro*, che ottenne il primo premio per la poesia nelle gare delle Olimpiadi ad Amsterdam.

Questo dramma è la celebrazione poetica, in forme classiche ma con nuovi spiriti, del mitico aedo ateniese Icaro che, sulle ali fabbricategli con le penne di cento aquile dal padre Dedalo, evade dalla schiavitù in cui lo tiene in Creta il tiranno Minosse e vola in cielo verso Atene in cerca della libertà e della patria; ma prima di raggiungere questa patria sognata, ch'egli chiamava «*il disperato amore*», precipita e si inabissa in mare. E la tragedia finisce esaltando in versi pieni d'ispirazione l'eroe scomparso che ha osato sfidare la morte per cercare in cielo la libertà.

Il valore di questo poema, che è già potente in sé come opera d'arte, è soprattutto autobiografico: c'è già in esso una allusione al fascismo, all'evasione dalle sue catene, è quasi la voce misteriosa di un presagio, di una predestinazione, di cui, quattro anni prima che si compiesse, Lauro de Bosis inconsapevolmente traduceva in versi il fatale decreto.

Nella leggenda fantastica dell'eroe greco che su ali di cera evade a volo in cerca della libertà, c'è già tutta, riconoscibile anche attraverso la trasfigurazione poetica, la vicenda reale e terrestre che Lauro de Bosis doveva vivere quattro anni dopo, quando lui, come Icaro volò in cielo e poi si inabissò in mare per ridare la libertà alla sua patria.

Ma non bisogna credere che Lauro de Bosis, quando scriveva questa tragedia, fosse un sognatore illuso e estetizzante, un perdigiorno fissato nelle sue fantasticherie e incapace di vivere una realtà.

Lauro de Bosis, fin dagli anni degli studi universitari, si era dimostrato un uomo capace di camminare solidamente sulla terra.

Finiti gli studi classici, aveva voluto laurearsi in chimica all'Università di Roma e per essere indipendente cercarsi un impiego: ed era riuscito a diventare direttore, a New York, di una società italo-americana. Aveva dunque, Lauro de Bosis, tutti i doni fisici e spirituali che un uomo può desiderare per essere felice; era giovane, bello, leale, aveva nel suo spirito energie inesauribili di lavoro e di studio, aveva vocazione per l'arte e la consolazione della poesia e il gusto dell'aviazione.

Chi lo conobbe, lo descrive allegro e sereno, felice di vivere, fatto più per la gioia che per il dolore; amava i fiori, i bambini, il riso; amava le donne, e più di tutte una, che fino all'ultimo giorno fu la luce d'ogni suo pensiero e che gli rimase fedele anche dopo la morte.

E tuttavia quest'uomo felice rinunciò alla sua felicità, alla sua gioventù, alla poesia, all'amore, alla vita per andare volontariamente incontro alla morte.

Di dove gli venne questo coraggio? Quale voce irresistibile lo chiamò?

Avrebbe potuto chiudersi nella torre d'avorio della sua arte, o starsene libero in America... Ma no; in Italia c'era il fascismo. Lauro de Bosis, anche se lontano e libero sentiva anche su di sé, italiano, il peso di quella vergogna.

Quegli anni, verso il 1930, furono in Italia, per chi aveva ancora conservato nel suo cuore dignità di uomo i più pesanti d'ignominia.

Ormai, dopo il decennio, il regime pareva consolidato per sempre: Matteotti assassinato, Amendola assassinato, Gobetti assassinato, Carlo Rosselli fuoriuscito, Gramsci in galera.

Ogni tentativo di riscossa era spiato dall'Ovra, e spietatamente represso dal Tribunale speciale. I più si adattavano, accettavano, tiravano a campare: pareva che non ci fosse più nulla da fare. Il ridicolo tiranno si ergeva goffo e pettoruto sulla generale acquiescenza: il re spergiuro accettava di essere ai suoi ordini; il pontefice lo chiamava «uomo della Provvidenza»; i capi delle grandi democrazie lo adulavano mostrando di considerarlo sul serio. Ristagnava sul nostro paese il silenzio disperato della viltà irrimediabile.

Fu qui che Lauro de Bosis sentì che per l'onore dell'Italia qualcosa bisognava fare.

Nell'estate del 1930, dopo aver pubblicato *Icaro* tornò dagli Stati Uniti per le vacanze, e iniziò, d'accordo con fidati amici, sotto il nome di *«Alleanza Nazionale»* un'opera di propaganda clandestina consistente nel diffondere mediante la posta, lettere ciclostilate che incitavano gli italiani a resistere al fascismo e ricordavano al re il suo giuramento.

Il lavoro era già ben organizzato, quand'egli nel settembre del 1930 ripartì per l'America per un breve viaggio di due mesi; ma durante la sua assenza l'organizzazione fu scoperta. Mentre egli, in novembre, era sul piroscafo in viaggio di ritorno, fu avvertito da un cablogramma che la sua mamma e tre altre persone della famiglia, e i suoi amici Vinciguerra e Rendi erano stati arrestati. Il processo, dinanzi al Tribunale speciale, ebbe luogo il 22 dicembre 1939: Vinciguerra e Rendi furono condannati ciascuno a quindici anni di reclusione.

Fu questo l'episodio che lo indusse all'azione invece di tornare a Roma per dividere inutilmente la sorte dei suoi compagni

vaga poesia poetica immaginazione favoleggiata e non un proposito concreto, qui, in questa singolarissima testimonianza che è la *Storia della mia morte*, diventa una volontà precisa, scolpita in tutti i suoi particolari con uno stile freddo e accurato come se si trattasse di una relazione di affari o del programma di una crociera turistica.

Comincia in tono pacato, quasi scherzoso: «*domani alle tre su un prato della Costa Azzurra, ho un appuntamento con Pegaso. Pegaso è il nome del mio aeroplano; ha la groppa rossa e le ali bianche.*»

Ma poi, dopo questa entrata briosa, viene al concreto: «*Noi non andremo a caccia di chimere, ma a portare un messaggio di libertà a un popolo schiavo di là dal mare...*»

E qui lo scrittore riepiloga, con parole volutamente semplici e comuni, le circostanze che l'hanno portato a questo disegno e com'è giunto finalmente, attraverso la romanzesca preparazione alla vigilia del volo.

Si arriva così alla pagina che, a nostro avviso, non è soltanto la più significativa in tutta l'opera di Lauro de Bosis, ma è, come testimonianza di coerenza e di fedeltà ragionata al proprio ideale, una pagina unica nella storia del nostro Risorgimento, che pure è così ricco di intrepidi testamenti spirituali scritti da condannati a morte alla vigilia del patibolo.

Qui nel caso di Lauro, condanna a morte che venisse dal di fuori non c'era; era lui non coartato, che prevedeva e affrontava i rischi della sorte da lui volontariamente prescelta; era lui che, pur prevedendo con lucidissima precisione la possibilità, anzi la probabilità, che tra i rischi di quell'impresa vi fosse per lui la morte, riconosceva tuttavia, senza rimpianti e senza vanterie, che anche così, anche se egli fosse morto, l'affare sarebbe stato sempre in un guadagno. Non un gesto teatrale fatto in un momento di esaltazione, ma il bilancio preventivo, registrato con scrupolo quasi contabile del modo lucroso di mettere a frutto la rinuncia alla propria esistenza.

«... Vivo o morto, ho giurato di arrivarci. La mia morte (benché importuna per me personalmente che ho ancora tante cose da completare) non potrà che accrescere il successo del volo. Dato che i pericoli sono tutti al ritorno, essa potrà venire solo quando io avrò lanciato dal cielo le mie 400.000 lettere le quali non potranno essere meglio raccomandate di così.

«Dopo tutto si tratta di dare un piccolo esempio di spirito civico e di attirare l'attenzione dei miei concittadini sull'irregolarità della loro situazione. Sono convinto che il fascismo non crollerà se non vi saranno una ventina di giovani che sacrifichino la loro vita per purificare lo spirito degli italiani. Mentre che ai giorni del Risorgimento, vi furono migliaia di giovani pronti a donare la loro vita oggi ve ne sono ben pochi. Perché? Non è che il loro coraggio o la loro fede siano minori di quelli dei loro padri. È che nessuno prende sul serio il fascismo. Tutti, a cominciare dai suoi capi, ne prevedono prossima la fine e sembra loro sproporzionato dare la vita per porre termine a ciò che crollerà da sé.

«È un errore. Bisogna morire. Io spero che dopo di me molti altri mi seguiranno e riusciranno infine a scuotere l'opinione pubblica».

Sì, Lauro, le tue speranze non erano illusorie: le tue previsioni non erano sbagliate. Altri hanno capito, altri ti hanno seguito; ci sono voluti altri dieci anni dalla tua morte, ma poi è venuta la Resistenza e giovani pronti a sacrificarsi per ripulire l'Italia dalla pestilenza del fascismo. Sii tranquillo, Lauro: la pestilenza, qualunque cosa si speri o si trami, è finita per sempre.

Il caso di Lauro de Bosis presenta, in termini taglienti, quel problema angoscioso e misterioso che tante volte non pochi antifascisti si sono posti durante il fascismo e specialmente durante la Resistenza: perché il sacrificio individuale sembra nei momenti che più contano nella storia di un popolo, la condizione indispensabile per il trionfo di un'idea? Perché un'idea che è attestata con la morte di chi l'ha professata, acquista, attraverso questo sacrificio, una forza di persuasione e di verità che prima non aveva, una forza di vita, si direbbe, quasi che lo spirito di chi si è sacrificato si trasfonda misteriosamente e si centuplichi in essa, e la trasformi da parola esterna in un anelito operante dall'interno che riscalda i tiepidi e ridesta gli insonni?

La *Storia della mia morte* finisce con queste parole: «*Sorvolate a 4000 metri la Corsica e l'isola di Montecristo, arriverò a Roma verso le otto di sera, dopo aver compiuto a motore spento gli ultimi venti chilometri. Benché io non abbia fatto che sette ore e mezzo di volo da solo, se cadrò non sarà per inesperienza del pilota. Il mio apparecchio non fa che Km 150 all'ora, e quelli di Mussolini ne fanno 300. Egli ne ha novecento e tutti hanno ricevuto l'ordine di abbattere a qualunque costo, a colpi di mitraglia, ogni apparecchio sospetto. Per poco che qualcuno mi conosca debbono sapere che dopo il primo tentativo io non ho abbandonato l'idea. Se il mio amico Balbo ha fatto il suo dovere, essi ora sono là che mi attendono. Tanto meglio: varrò più morto che vivo.*»

Il suo ultimo scritto finisce così: «*Varrò più morto che vivo.*» Parole misteriose; parole conturbanti; parole di un altro mondo. Eppure sentiamo che sono vere; sembrano parole di morte e sono parole di vita: e non sappiamo spiegare perché. Perché gli uomini, certi uomini che fanno la storia, valgono perché sono morti in quel modo? Perché, proprio per il fatto di essere morti in quel modo, ce li sentiamo vivi accanto, presenti diventati parte di noi, diventati voce della nostra coscienza, ad invitarci, a conoscere nei momenti dello sconforto, a rimproverarci nei momenti della viltà? Perché oggi 25 aprile, anniversario della Liberazione, noi sentiamo che Lauro de Bosis e i mille e mille che come lui si sono sacrificati per la libertà, sono essi stessi dentro di noi a cancellare la libertà, a ricordarci che per essere degni di questa libertà dovremmo essere pronti, occorrendo, a difenderla ancora con la vita?

Questa affermazione - che la verità delle idee si dimostra soltanto con il sacrificio della vita, unica testimonianza valida che serva a distinguere la fede dei martiri dalla ciurmeria dei cialtroni - , ritorna nei secoli a confortare roghi e patiboli, a illuminare prigionie e torture.

In una cronaca scritta sul finire del Trecento[14] si narra la fine di fra Michele Minorita che il papa Giovanni XXII condannò al rogo come eretico, perché, appartenendo alla setta dei «*fraticelli della*

---

[14] Storia di fra Michele Minorita, a cura di F. Flora (*Le monnier*, Firenze, 1942).

povera vita», predicava che il Vangelo non ammette la proprietà privata e individuale dei beni di questo mondo, che Dio ha dato in uso comune a tutti gli uomini.

Questa fede d'ingenuo socialismo cristiano non incontrava il gusto della Curia romana; e il fraticello fu condannato ad essere arso, se non accettava di rinnegare la sua eresia.

In questa cronaca è descritta la prigionia e il processo di fra Michele, e poi l'ultimo passaggio di lui per le vie di Firenze, dal carcere al luogo dov'è preparato il rogo: umile e scalzo, recitando le sue preghiere in mezzo agli armati, egli avanza sotto la pioggia, tra la folla che fa ala al corteo: e, nel vederlo, la gente dalle porte e dalle finestre gli lancia grida di scherno o di pietà, e i più lo incitano a non insistere nella sua ostinazione, e a salvarsi la vita coll'abiurare. Ma a chi lo consiglia a transigere e a tradire la sua fede, egli risponde imperterrito: *«io voglio morire per la verità.»* E poiché uno gli si avvicina ansioso di salvarlo e gli sussurra ancora, ai piedi del patibolo: *«Ma perché tu vuoi morire?»* Egli risponde serenamente: *«Questa è una verità che io ho albergato in me, della quale non se ne può dare testimonio se non morto.»* E sparisce rassegnato tra le vampe del rogo.

Le stesse parole di Lauro de Bosis quando anch'egli si avvia verso la morte: *«Varrò più morto che vivo.»* Varrò, perché dalla mia morte gli uomini capiranno che, se per restituire al mio paese la dignità e la libertà io sono pronto a rinunciare al bene naturalmente più caro che è la vita, vuol dire che c'è nel mondo qualcosa di più caro e di più reale ancora nella vita, che si chiama Libertà e Dignità: *«come sa chi per lei vita rifiuta.»*

Era dunque Lauro de Bosis, quando ragionava così, un illuso, un sognatore, un visionario, un poeta? Uno di quegli utopisti inutili, uno di quei solitari apostoli intransigenti, di cui parlano con rispetto ma non senza un sorriso di compatimento i maestri di realismo politico, pronti a tutte le scaltrezze, a tutti gli accomodamenti, a tutte le transazioni?

No: Lauro de Bosis non era un illuso, non era un sognatore. Era una coscienza: era un uomo intero pensiero ed azione, come voleva Giuseppe Mazzini. Ed era anche, in senso altissimo e lungimirante, un politico: non era un politicante esperto di alchimie elettorali, ma uno di quegli uomini che con la forza ideale della loro fede e del loro esempio, intransigenti verso sé stessi prima che verso gli altri, sanno suscitare nei popoli quelle correnti innovatrici che da sole creano la storia e spingono con la loro intransigenza il progresso del mondo.

Basta uno di questi uomini, che i politicanti chiamano ingenui ed illusi, a travolgere le tirannie, a infrangere gli idoli insanguinati, a trascinarsi dietro, sul cammino della redenzione mille e mille credenti che si ridestano e si ritrovano nella stessa loro idea; e solo quando il sacrificio di questi generosi illusi è riuscito ad abbattere le fortezze e a spezzare le catene, allora sopraggiungono, passato il pericolo, gli artefici delle transazioni e degli intrighi, a dar lezione di arrendevolezza e di cinismo.

Oggi 25 aprile, in cui si celebra l'anniversario della Resistenza, di questa miracolosa epopea che germogliò spontanea dai campi e dalle officine, dalle università e dalle botteghe degli artigiani, e che sulle montagne dette l'impressione di una adunata soprannaturale, a cui quasi al volo accorrevano da tutte le parti, non più divisi da classi o da partiti, i volontari difensori della libertà e della dignità umana. Oggi, 25 aprile, dobbiamo ricordare che chi dette lo squillo di quella adunata, chi primo lanciò il grido nel silenzio sconsolato furono gli uomini isolati ed esemplari che anche negli anni del buio seppero segnare la strada e mantenere la continuità tra il primo e il secondo Risorgimento.

La Resistenza è stata possibile perché Cesare Battisti, eroe che ricongiunge due secoli, è stato impiccato; perché Matteotti è stato pugnalato; perché Amendola è stato abbattuto dai sicari e Gobetti stroncato a bastonate; perché i Rosselli sono stati assassinati; perché Gramsci è stato fatto morire in galera; perché Lauro de Bosis si è inabissato nella notte dopo aver assolto il suo voto. Sono essi i precursori della Resistenza; sono essi i fratelli di tutti i caduti dell'ultima guerra, di tutti i torturati dai tedeschi, di tutti i trucidati dai fascisti, di tutti gli scomparsi nei campi di deportazione, dove i generali tedeschi condannavano all'inferno dei forni crematori milioni di creature innocenti.

A questa famiglia di martiri, che hanno testimoniato con la loro vita il valore della Libertà, appartengono anche caduti come Gino Tommasi, medaglia d'oro, primo organizzatore come unità partigiane, fedele custode del segreto dei compagni sotto le più atroci torture, finito per questo a Mauthausen; e come Achille Barilatti, medaglia d'oro, offertosi alla fucilazione dopo la cattura, a condizione di far salvo il reparto partigiano da lui comandato. Dall'esempio di questi, che dettero la loro vita per salvare la vita dei compagni, quale fu il senso profondo, il valore umano di questa difesa della libertà che animò la Resistenza?

Libertà, nel senso sociale ed umano della parola, vuol dire anche sacrificio: vuol dire consapevolezza operosa di questa solidarietà che lega l'uomo libero agli altri uomini liberi di tutto il mondo, e questa capacità che ha l'uomo di immedesimarsi nella comunità fino al punto di sentire che, se egli si sacrifica per salvarla, anch'egli in essa sopravvive. «Rivelaci chi sono i tuoi compagni» dissero i carnefici fascisti a un contadino apuano agonizzante sotto la tortura: ed egli, prima di spirare crocifisso ad una porta rispose: «I miei compagni non hanno nome: li conoscerete quando verranno a vendicarmi.»

Ci sembra opportuno riandare a quel tempo in cui sulle montagne gli uomini non avevano più un nome, e tutti si stringevano fraternamente nelle brigate partigiane senza domandarsi il luogo di provenienza, senza distinzioni di partito o di nazionalità o di classe o di religione, e i comunisti erano accanto a sacerdoti e gli studenti erano accanto agli operai e nelle stesse squadre combattevano insieme, con la fronte volta verso un solo nemico, gli evasi russi accanto agli americani, i partigiani jugoslavi accanto agli inglesi.

Questa concordia, questa gara di reciproco sacrificio bisogna ricordare oggi, in questo clima di furbeschi intrighi e di feroci odi di parte.

Lauro de Bosis non era un furbo: non era un feroce. Partì col suo piccolo aeroplano senza armi, con un carico non di bombe, ma di carta stampata, messaggera non di morte, ma di parole fraterne. La morte non era per gli altri; se l'era riserbata per sé. Ma gli uomini furbi e feroci rimangono in terra: gli uomini come de Bosis volano in cielo e sono essi che dirigono, a lungo andare, con la luce del loro sacrificio il cammino dell'umanità verso la giustizia.

Come finì Lauro de Bosis?
Mille supposizioni furono fatte sulla sua scomparsa: certo è che il piombo delle mitragliatrici fasciste non lo sfregiò: gli aeroplani di Balbo arrivarono troppo tardi e non lo raggiunsero. L'ipotesi più probabile è che egli, che al ritorno contava di dirigersi verso Barcellona, dopo essere passato al di sopra dell'Elba, si sia smarrito nella notte e sia precipitato in mare per mancanza di carburante.

Ma noi amiamo immaginare che la sua fine sia stata simile a quella narrata in un famoso racconto, *Vol de nuit*, scritto da un aviatore francese, Antoine de Saint-Exupéry, che finì anche lui, come il suo eroe, in un volo notturno: narra quel libro di un pilota che deviato dalla sua rotta da una bufera e smarrito nella notte, in mezzo alle nuvole del temporale, al di sopra della catena delle Ande, si accorge che la benzina sta per finire: e allora, non potendo tentare l'atterraggio sui dirupi invisibili che ha sotto di sé, consuma gli ultimi minuti di volo a salire sempre più su, attraverso le nuvole fino a librarsi un instante al di sopra di esse, nella calma cristallina dell'immensa notte stellata, a salutare un ultima volta, terse e vicine, le grandi stelle, mai viste brillanti e immacolate. E poi, con quest'ultima luce soprannaturale negli occhi, precipita a capo fitto nella nuvolaglia.

Forse così fece anche Lauro de Bosis: quando si accorse di non poter arrivare alla terra, volle avvicinarsi sempre più al cielo; e lì forse si dissolse nel polverio luminoso degli astri. Ma di lassù egli torna, ogni tanto come solo ai poeti è concesso a sorvolare su questa terra, per vedere che il suo esempio è stato seguito, se il suo presagio si è avverato.

Nel suo poema, Icaro pronuncia versi indimenticabili, ai quali Lauro de Bosis, fino da allora aveva affidato l'essenza della sua fede politica e sociale:

> *... il nuovo mondo*
> *che sorge senza ceppi*
> *e senza vincoli di muraglie e di frontiere,*
> *uno ed uguale per gli altri,*
> *libero pei liberi,*
> *che accerchia le diverse genti,*
> *sfatte dall'odio*
> *in una sola azzurra patria, luminosa e immensa.*

Una sola patria, una sola pace: Lauro de Bosis aiutaci tu a sperarlo; Lauro aiutaci tu a non disperare!

Abbiamo la sensazione, che anche oggi 25 aprile, data della Liberazione, Lauro de Bosis sia sopra di noi. Il suo Pegaso bianco e rosso passa sul nostro cielo, rasente ai tetti delle nostre case: egli si sporge e ci fa cenno; sentiamo la sua voce, lontana ma nitida.

In Italia, oggi, c'è la Repubblica. Una Repubblica che si propone di essere onesta e pacifica e fondata davvero sul lavoro: e c'è anche una Costituzione scritta con le lacrime e col sangue, che registra solenni impegni di lavoro, di libertà, di onestà, di pace, di giustizia sociale, di dignità umana per tutti.

Su queste promesse, su questi impegni, fa buona guardia il popolo: il popolo dei vivi e dei morti.

Quello che è scritto nella Costituzione lo manterranno a costo della vita anche le future generazioni.

Il fantasma di de Bosis sorride trasvolando dall'alto, placato e soddisfatto, mentre dileguato in cielo ci saluta con un gesto della mano:

- Coraggio fratelli e buon lavoro! Non disperate, non tradite l'impegno...
- Arrivederci Lauro: non dispereremo; non tradiremo.[15]

---

[15] Le notizie sulla vita e sulla morte di Lauro de Bosis sono tratte dalle seguenti fonti: Lauro de Bosis, *Icaro*, dramma lirico scritto nel 1927, pubblicato dopo la sua morte nel testo italiano con traduzione inglese a fronte (*Icaro by Lauro de Bosis, with a translation from the Italian by Ruth Draper, and a Preface by Gilbert Murray, Oxford University Press, New York, 1933*); Lauro de Bosis, *Storia della mia morte*, con testo originale francese e cenno biografico, scritto da Charis de Bosis, Roma 1945, tip. Del Senato; Romain Rolland, *Introduction à l'Icare de Lauro de Bosis* (in "*Europe*", Paris n. 125 del Maggio 1933); Lionello Venturi, *Lauro de Bosis*, in "*Il Mese*", n. 8, luglio 1944 (London); Ernest Barker, *Il poeta dell'aria e del volo* in "*The Cambridge Review*", 27 aprile 1934. Trad. di Lauro de Bosis dal greco: *Antigone e Edipore* di Sofocle (pubblicato a Roma, 1924, edizione Stock); *Il Prometeo incatenato* di Eschilo (pubblicato edizione Alpes, Milano, 1930); Barbara Allason, *Memorie di un antifascista*.

I FRATELLI CERVI
SETTE FRATELLI E UN PADRE

Il 17 gennaio 1954, al teatro Eliseo di Roma, per commemorare il decimo anniversario della fucilazione dei sette fratelli Cervi avvenuta a Reggio Emilia il 28 novembre 1943, fu offerta al loro padre quasi ottantenne, Alcide Cervi, una medaglia d'oro, opera dello scultore Mazzacurati, che reca da una parte il suo ritratto e dall'altra la raffigurazione simbolica di un tronco di quercia, dietro il quale, tra i rami spezzati, si vedono brillare in cielo le sette stelle dell'Orsa. Prima di questa consegna della medaglia fu pronunciato questo discorso.

Per iniziare degnamente queste celebrazioni decennali della lotta della liberazione, penso che nessun fatto avrebbe potuto essere scelto più significativo di quello dei fratelli Cervi; anzi della famiglia Cervi.

Questo fatto, meglio di ogni altro riassume in sé gli aspetti più umani, più naturali e più semplici della Resistenza, e insieme i suoi aspetti più puri e spirituali, e direi perfino più celestiali: questa famiglia patriarcale di agricoltori emiliani, composta dal padre contadino e da sette figli contadini, la quale, subito dopo l'armistizio, nell'ora delle generali perplessità, si trova tutta unita e concorde fin dal primo giorno, senza un attimo di esitazione, dalla parte della libertà e della riscossa, dando l'impressione, più che di un gruppo di uomini stretti da un comune senso di solidarietà, di una perfetta fusione di volontà, da cui nasce una ripartizione di compiti coordinati da una coscienza unica, e il senso di un'unica responsabilità, quale non può trovarsi che in una persona sola.

Colla stessa naturale concordia con cui fino a ieri avevano coltivato i campi, colla stessa pacata e consapevole umanità, senza iattanza e senza turbamento, la famiglia tutta unita va incontro alla morte: e quando, dopo lo sterminio di sette figli, il vecchio Cide torna solo alla terra, unico uomo settantenne rimasto colle donne e coi bambini, ecco che in lui è ancora presente la famiglia, come se i sette figli lasciandolo avessero moltiplicato per sette le sue forze, come se avessero restituito a questo vecchio insieme col dolore la forza giovanile.

La tempra di questa famiglia è tutta nella frase detta da Cide: *"Uno era come dire sette, sette era come dire uno."* Quest'uomo, il babbo, il nonno, il patriarca, il ceppo, è qui, in mezzo a noi. È come dire che qui in mezzo a noi sono presenti, se c'è lui, i sette figli: le sette medaglie d'argento assegnate alla memoria dei sette figli sono fuse in questa medaglia d'oro destinata a lui. Se c'è lui, c'è con lui tutta la famiglia: ed è proprio questa famiglia partigiana che noi oggi qui onoriamo viva e presente. Gli assassini hanno potuto trucidare i sette fratelli, ma la famiglia non sono riusciti a distruggerla: il ceppo era di razza solida, le radici erano ben fonde nella terra; la famiglia è stata più forte di loro.

Il fatto della famiglia Cervi ha, nella sua semplice realtà tutti gli elementi per diventare leggenda. La nostra storia anche recente conosce coppie gloriose di fratelli caduti nello stesso istante per la stessa causa, nella nostra storia non c'è ancora: forse non c'è nella storia di nessun popolo. Per ritrovar qualcosa che somigli a questo sterminio famigliare, bisogna risalire ai miti della tragedia greca, ai fantasmi biblici od omerici: ai figli di Niobe, ai sette Maccabei, ai sette fratelli di Andromaca.

Ma i fratelli Cervi non sono poesia: sono storia, sono la nostra storia. E prima che la loro storia sfumi e si trasfiguri nei cieli dell'epopea, come la narreranno i nipoti dei nipoti, rievochiamola ancora qui, tra noi, nella sua nuda realtà; consoliamoci, noi che l'abbiamo vista coi nostri occhi, nella sua semplice bontà umana, questa verità più alta e più schietta di ogni poesia.

Forse c'è qualcuno che preferirebbe lasciar da parte queste rievocazioni, qualcuno al quale le ombre dei fratelli Cervi fanno paura. Ma non ombre. Stelle, come li simboleggia la medaglia: c'è gente a cui queste stelle fanno paura; perché sono stelle che segnano, in cielo, le vie dell'avvenire. Preferirebbero non sentirne più parlare. Dicono: *"Non rievochiamo gli orrori della guerra civile: gli uni valevano gli altri. La storia tutto spiega, tutto livella. Pacificazione, perdono, oblio: Non parliamone più."*

Respingiamo questi ipocriti predicatori di insidiosa indulgenza. Il perdono non si nega ai pentiti, ma occorre il pentimento, l'umiltà del pentimento. Quando gli autori di quelle catastrofi non solo tornano indisturbati in libertà, ma invece di starsene da parte cauti e discreti osano riprendere l'antica tracotanza per gettar fango sulla guerra partigiana, allora noi abbiamo il dovere di rievocare qui i nostri morti, e di rinnovare qui, dopo dieci anni, il giuramento di non tradirli.

È vero che la storia insegna come il progresso umano si svolga attraverso continui urti di forze contrapposte, e spiega quali furono in quella dialettica i movimenti degli uni e degli altri. Ma non rinuncia a giudicare da che parte furono i valori umani e sociali, e da che parte furono gli istinti bestiali della cieca barbarie. La storia è fatta di una serie continua di scelte: anche l'Italia, dieci anni fa fece una scelta. Tra la libertà e la servitù, tra il privilegio e la giustizia, tra l'umanità e la ferocia, il popolo italiano fece la sua scelta; e questa si chiamò Resistenza. Questa è ancora la nostra scelta, questa sarà la scelta del nostro avvenire.

Da una parte i fratelli Cervi, da quell'altra i loro assassini.

Noi siamo dalla parte dei fratelli Cervi.

Raccontiamo dunque, nella sua semplice verità la storia dei fratelli Cervi: non c'è bisogno di abbellirla. I fatti parlano da sé.

Quando, nel settembre 1943, la Resistenza cominciò, la famiglia Cervi nella grande masseria di Praticello fra Campegine e Gattatico, vicino a Reggio Emilia era composta di ventitré persone.

Il padre Alcide Cervi e la madre Genoveffa Cocconi; sette figli, di cui il più grande aveva quarantadue anni e il più piccolo ventidue. Per ordine di età, cominciando dal più grande i nomi erano questi: Gelindo, Antenore, Aldo, Ferdinando, Agostino, Ovidio, Ettore.

Quattro di questi fratelli erano ammogliati; c'erano, intorno al padre Alcide, anche queste quattro nuore e dieci nipoti, alcuni ancora in fasce e la moglie di Gelindo aspettava l'undicesimo.

I Cervi erano venuti in affitto in quel podere nel 1934: allora la famiglia era povera e il podere malamente coltivato. Ma in dieci anni quelle terre erano state trasformate: livellati i campi, regolate le irrigazioni, ingrassate le posture: i capi di bestiame, da quattro che erano all'inizio erano saliti, dopo dieci anni a una cinquantina. Un miracolo dovuto alle braccia, dovuto alla volontà direttrice e organizzatrice del padre, all'intelligenza e alla sete d'istruzione dei figli.

Quello che più commuove oggi chi va, come io sono andato tre giorni fa, a visitare quel grande casamento patriarcale in mezzo alla pianura alberata, è il ritrovare, tra gli oggetti cari a quei morti che i superstiti riuscirono a raccogliere tra i resti dell'incendio e del saccheggio fascista, una piccola collezione di libri sgualciti e spiegazzati, come furono dissepolti dalle macerie. E ciò che resta di un assai più ricca biblioteca che questi contadini avevano messa insieme da sé in casa loro: perché la sera, quando tornavano dal lavoro, volevano mettersi a leggere per imparare. Accanto ai libri di storia e di cultura generale (tra questi ancora si vedono con meraviglia romanzi di London e di Dostoievski e numeri di riviste politiche come le *"Relazioni Internazionali"* o la *"Riforma Sociale"* di Luigi Einaudi), c'erano libri di tecnica agraria: ancora rimangono due manuali di apicultura che era la specialità di Ferdinando. Questi giovani, sotto la saggia guida del padre, erano, anche in agricoltura, innovatori: studiavano le nuove tecniche moderne, i dissodamenti meccanici, le stalle razionali, l'enologia, le irrigazioni. Mentre lo studio allontana dalla terra i figli dei contadini e li porta verso la città, essi cercavano nei libri nuove ragioni di attaccamento alla terra. Quasi sempre lo spirito dei contadini si mantiene, anche nella tecnica, conservatore e fedele alle pratiche tradizionali; ma la famiglia Cervi era, anche nei metodi di lavoro e nella scelta degli strumenti, all'avanguardia: i vicini guardavano con meraviglia questi matti che per coltivar la terra sentivano il bisogno di studiare la sera sui libri; ma intanto i campi dei *"matti"* si trasformavano di anno in anno, e diventavano a poco a poco il modello di tutta la zona. Ognuno dei sette figli aveva in questa comunità famigliare la sua specialità. Me lo spiegava anche tre giorni fa il padre Alcide. Ciascuno aveva il suo incarico: uno ai campi, uno alle stalle, uno all'apicoltura, uno alla cantina, uno ai mercati. Ognuno disponeva nei limiti della sua competenza, ma quando c'erano affari importanti, deliberavano tutti insieme e poi il padre dava il benestare. Questa comunità dei Cervi non somigliava a una monarchia; era piuttosto una repubblica democratica, presidenziale o meglio patriarcale, con sette ministri e il padre che aveva il potere esecutivo. Le deliberazioni, per diventare esecutive, avevan bisogno del visto del padre Cervi, di *"babbo Cide"*. Anche oggi l'ordinamento resta lo stesso: i figli sono scomparsi ma ormai al loro posto di lavoro già subentrano i nipoti più grandi. Il potere esecutivo spetta ancora a Cide, ma da dieci anni il titolo di *"babbo Cide"* non è più adatto per lui: ha assunto quello mesto e più grave, di *"nonno Cide"*. La sua presenza ha colmato il vuoto tra le generazioni; scomparsi i figli, egli ha retto sulle sue spalle, in attesa che i nipoti diventassero uomini, tutto il governo della comunità.

Nella storia di questa comunità famigliare di contadini istruiti e innovatori c'è un episodio che ha il valore di un simbolo.

Quando, dopo molti anni di accanita fatica di braccia, la famiglia Cervi poté finalmente permettersi il lusso di acquistare un trattore, Aldo andò a prenderlo in consegna a Reggio e sulla strada che porta a Campegine i vicini lo videro tornare trionfante, al volante della macchina nuova, sulla quale era stato issato, come una bandiera internazionale, un gran mappamondo. Aldo di tutti i fratelli era il più istruito e il più consapevole delle cose politiche. Da soldato era stato condannato a tre anni di prigione, per aver obbedito troppo fedelmente alla consegna: era di sentinella a una polveriera e aveva fatto fuoco contro un'ombra che non aveva risposto al *"chi va là"*: quell'ombra era di un tenente colonnello che restò fermo a un dito e lo mandò sotto processo. A Gaeta, in prigione, Aldo trovò nei compagni di prigionia chi arricchì la sua coscienza politica: e quando tornò, reduce come è stato detto, dall'*"Università del carcere"*, egli fu in grado di fare scuola ai fratelli.

Ed eccolo ora, sulla strada di Campegine, che guida il trattore per dissodare la terra ma porta anche il mappamondo per allargar gli orizzonti delle coscienze.

Questo mappamondo è stato, per fortuna uno degli oggetti scampati dal saccheggio fascista. Quella notte lo avevano portato nella casa di un vicino che aveva la radio, per seguir sulla carta i comunicati. Ora è lì questo mappamondo ancor nuovo e lustro, conservato al centro di questo piccolo museo familiare.

Me li immagino allora i sette fratelli quando il mappamondo fu arrivato, intenti tutti insieme nelle lunghe serate invernali, a studiarlo sotto la guida di Aldo. Oceani e continenti Aldo indicava col dito: *"Questo è un popolo: qui sono terre ed uomini che lavorano. Questa riga è un confine, al di là del confine ci sono altre terre e altri uomini che lavorano; e al di là di altri confini ancora altre terre e altri lavoratori; e così sempre uguale, finché, facendo il giro del mondo si torna al punto di partenza... Perché allora, i confini, perché le guerre? Perché tutti gli uomini che lavorano non potrebbero mettersi d'accordo, e lavorare in pace se uguale è il loro destino?"* Così i fratelli discutevano pensosi intorno al mappamondo, al tepore della grande stalla: agricoltura, politica e pace, era la stessa cosa. Ma di fuori intanto c'era il fascismo e la guerra; fuori c'era il terrore e lo sterminio.

Uomini di questa tempra non potevano essere rassegnati al fascismo: e già prima del 25 luglio il padre Cide aveva avuto persecuzioni e perquisizioni, perché si era rifiutato di lasciar depredare il suo grano delle ruberie dei gerarchi fascisti e aveva preferito distribuirlo da sé agli affamati.

Ma quando venne il 25 luglio, il padre disse ai figli: *"Nessuna vendetta, ora che c'è la libertà"* e dette due quintali di farina e venticinque chili di burro per offrire pasta asciutta a tutto il paese.

Poi venne l'8 settembre: i giorni dei dubbi, delle viltà, delle perplessità. Ma non per i Cervi che seppero subito, fin dal primo giorno, da che parte era il nemico, fin dalla fine del settembre, essi di loro iniziativa avevano organizzato, ancora isolati da ogni collegamento le prime azioni di squadra in pianura, anticipando di molti mesi ciò che solo più tardi poté essere attuato da più vaste formazioni. Anche nelle vicine montagne, la Resistenza partì dai Cervi: capeggiati da Aldo, portarono rapidamente a compimento sorprese nella zona di Monte Ventasso e di Toano, per disarmare i presidi fascisti e procurarsi armi per le successive prove.

Ma in quel primo periodo, nell'ottobre e nel novembre, l'attività clandestina di tutta la famiglia Cervi era consistita soprattutto nel dare rifugio e ristoro ai prigionieri alleati fuggiti dai campi di concentramento, che erravano per le campagne avviandosi verso il Sud.

E fu questa la imputazione che li portò alla morte: perché fu proprio questo passaggio di fuggiaschi che attirò sulla casa di Campegine l'attenzione delle spie fasciste.

Alle prime luci del 25 novembre, mentre tutta la famiglia era raccolta in casa e nel fienile e nelle stalle erano nascosti sei prigionieri stranieri e un ribelle italiano, una colonna di autocarri fascisti poté avvicinarsi protetta dalla foschia dell'alba piovigginosa; la casa fu circondata: era troppo tardi per mettersi in salvo. Da lontano fu intimata la resa. *"Cervi arrendetevi!"*: nessuna voce venne dal casolare asserragliato. Allora gli assedianti cominciarono a sparare, tenendosi prudentemente a distanza. Gli assediati risposero facendo fuoco dalle finestre. Gli uomini, dentro si erano distribuiti alla difesa dietro le imposte socchiuse adoprate come feritoie: le donne e i bambini stavano raccolti nel corridoio e nelle stalle interne, dove non potevano arrivare i colpi. Dopo due ore i fascisti, non osando attaccare di fronte, girarono dietro la casa e dettero fuoco al fienile che ne costituiva un'ala.

Quando si accorsero del fuoco, gli uomini tennero consiglio; c'erano dentro cinque donne e dieci bambini: *"Brucia, disse Aldo non c'è più niente da fare"*. Furono presi gli ultimi accordi. Disse Aldo, che in quei momenti era il capo. *"Se ci tortureranno, resta inteso: io dirò che sono il responsabile di tutto; che ho organizzato tutto io. Solo Gelindo potrà dire, se sarà necessario, che ne sapeva qualcosa. Ma gli altri ignoravano tutto. Bisogna che almeno cinque restino vivi col padre. Rimane inteso."* E poi, mentre le fiamme crepitavano, uscirono all'aperto ad uno ad uno mani in alto, il vecchio Cide in testa.

Furono caricati sugli autocarri e portati a Reggio. Le donne e i bambini sfilarono tra i mitra puntati e furono accompagnati in un casolare vicino. Quando il podere fu vuoto, la banda fascista si abbandonò al grasso saccheggio.

È istruttivo rileggere sul giornale fascista di Reggio Emilia *"Il Solco fascista"* il racconto dell'episodio.

"Da qualche tempo la politica militare era al corrente dell'esistenza in provincia di prigionieri che si spostavano da un luogo all'altro per brevi soste, per non lasciare tracce... Da qualche giorno però i fuggiaschi erano vigilati dagli organi della polizia militare che aveva in

precedenza individuato il loro rifugio in un fabbricato colonico tenuto in affitto dalla famiglia Cervi, composta dal padre e da sette figli, parte dei quali ammogliati. Nel fienile avevano trovato alloggio, consenziente la stessa famiglia Cervi, gli anzidetti prigionieri, di cui un sovietico, due sudafricani, un francese de gaullista, un irlandese. All'alba del giorno 25 un reparto di polizia militare circondava la casa e agli occupanti intimava la resa..."

Dunque, al momento in cui furono arrestati, la più grave, anzi la sola, imputazione che i fascisti facevano ai Cervi era quella di aver dato asilo ai prigionieri. I sei prigionieri arrestati furono consegnati ai tedeschi: i Cervi e il *"rinnegato"* Quarto Camurri furono portati alla caserma dei Servi, dove li interrogarono.

Com'era convenuto, Aldo e Gelindo presero su di sé tutta la colpa: gli altri negarono tutto. Dopo l'interrogatorio li trasferirono tutti e otto, padre e figli alle carceri di San Tommaso, in attesa, si diceva, del processo.

L'attesa durò un mese. Ma il 27 dicembre, verso le sette di sera, fu ucciso a Bagnolo in Piano, nelle campagne di Reggio, il segretario fascista di quel comune. Immediatamente le autorità fasciste di Reggio, tra le quali il prefetto e il federale, si recarono a Bagnolo, e vi rimasero in conciliaboli fino all'una dopo la mezzanotte: riuniti coi fascisti locali, fu decisa l'immediata fucilazione dei fratelli Cervi, che in quel momento dormivano ignari nelle carceri di San Tommaso. Alle quattro del mattino la prefettura consegnò al *"Solco fascista"* questo comunicato che fu pubblicato sul giornale del 28 dicembre: *"Il segretario comunale di Bagnolo in Piano vigliaccamente ucciso - Il Tribunale Straordinario condanna a morte otto individui - La sentenza è stata eseguita."*

Questo fu il procedimento con cui questo *"tribunale"* di assassini pronunciò la *"sentenza"* che condannò i fratelli Cervi *"rei confessi"* tutti e sette. Andarono a prenderli all'alba. Dormivano lì, tutti insieme col padre, ma il padre non lo vollero prendere ed egli non seppe fino a che non uscì di prigione che i suoi figli erano morti.

Coi compagni di prigionia (che appresero poco dopo, dalle voci giunte di fuori la sorte dei sette fratelli, ma per pietà la tennero nascosto al padre) egli parlava di loro con orgoglio paterno, come se fossero ancora vivi. Uno di quei compagni di prigionia ha raccontato più tardi, in un suo libro di ricordi[16], i discorsi che faceva il vecchio Cide rimasto in prigione: *"Ho sette figli e non ho più alcuna notizia di loro. L'altra mattina mentre dormivamo insieme vennero a chiamarci. Dissero: la famiglia Cervi al completo col capo famiglia in testa, ma a me hanno detto: sei vecchio torna pure a dormire. Mi sono vestito e ho risposto non sono forse il capo di famiglia? Li hanno condotti a Parma: speriamo che facciano presto il processo."*

Così conversava il padre coi suoi compagni di prigionia: e questi lo lasciarono dire e fingevano di annuire e cambiarono discorso per non mettersi a piangere. Ma quand'egli non li vedeva, si raccontavano, all'orecchio, i particolari di quella partenza.

«*Gli dissero l'altra mattina quando all'alba li hanno destati, che i figli venivano condotti a Parma. Ma uno di essi mormorò: "Ma che Parma, tra mezz'ora non siamo più vivi" e Antenore disse sorridendo: "Mi dispiace se ci fucileranno: non vedete che bel cappotto che ho? L'ho rinnovato da poco"*»

Andarono così tranquilli e consapevoli della loro sorte. Furono fucilati in sette, anzi in otto, perché c'era con loro anche il Camurri: tutti in fila, al muro del poligono di tiro.

Un sacerdote che fu presente alla fucilazione disse che morirono bene, senza paura, ma (disse lui) con cinismo. Cinismo? Sì, perché non si pentirono. Ma di che dovevano pentirsi; era tranquillità di coscienza. Se non fossero morti, se sul punto di fucilarli li avessero liberati, avrebbero cominciato il giorno dopo a fare quello che avevano fatto fino ad allora: a vivere per la libertà, pronti ancora a morire per essa. Il loro segreto, che li tenne così sereni in punto di morte, fu quello spiegato da Cide ai compagni di prigionia, quando raccontava gli interrogatori subiti dai figli subito

---

[16] Arrigo Benedetti, *Paura all'alba*, Roma, 1945, pag. 150.

dopo l'arresto: «*I militi hanno detto ai miei figli: "Volete il perdono? Mettetevi nella guardia repubblicana." Risposero: "crederemmo di sporcarci."*»

Non vollero sporcarsi. Per questo li uccisero. Per questo morirono così sereni: non si erano sporcati. Morirono puliti senza aver nulla da pentirsi. Forse in Aldo e in Gelindo, quando furono schierati lì tutti e sette, c'era un rammarico: di non essere riusciti a morire soltanto loro due, e a salvare gli altri cinque; gli altri cinque ci volevano per la famiglia, per i campi. Ma forse si rasserenarono pensando che restava il padre.

Di solito, secondo le leggi della natura, quando il padre muore, l'ultima sua consolazione è quella di pensare che lui muore, ma restano i figli. E qui no, qui la vicenda fu capovolta. Un istante prima dello sparo i sette figli si consolavano: «*Noi moriremo ma resta il babbo e tutto quello che è stato distrutto ci sarà lui a rifarlo.*»

E il babbo restò lui solo. La notte dell'8 gennaio le mura della prigione furono infrante da un bombardamento aereo. Le guardie carcerarie fuggirono, anche i prigionieri, in quel terrore notturno, si misero in salvo. Anche Cide tornò a casa. Arrivò, camminando per le scorciatoie, al suo podere. Una rovina: un'ala distrutta dall'incendio, e quel che restava dalle altre stanze, vuote, affumicate e devastate. Allora seppe la verità. Quelle quattro nuore piangenti in un gruppo erano quattro vedove: quei dieci ragazzi aggrappati a loro, i più grandicelli appena dieci anni, erano dieci orfani e un altro orfano stava per nascere, che non avrebbe mai conosciuto il suo babbo. Il solo uomo, in quello scheletro di casa, era lui e aveva settant'anni.

Disse la moglie: «*Non c'è tempo da piangere. Bisogna continuare. Dopo un raccolto, ne viene un altro.*» E si rimise al lavoro. Così vicini lo rividero ancora curvo, alla fatica dei campi: ma intorno, ad aiutarlo, aveva solo donne e bambini e la sera, a capo di quella grande tavola c'era ancora lui; ma intorno c'erano soltanto donne e bambini. I sette figli erano diventati sette ritratti, appesi lì nella loro cornice, su quella parete.

«Mi sono fermato a lungo dinanzi a quella parete, a contemplare quelle sette facce aperte e buone, tutte diverse, eppure tutte così familiari. In alcune, forse in quelle dei fratelli maggiori, prevale Alcide col suo profilo impavido e lo sguardo tagliente ed arguto. Ma in altri, specialmente nell'ultimo, Ettore, gli occhi, nella faccia regolare, somigliano a quelli della madre, più pensosi e più grandi. Dicono, chi l'ha conosciuta, che parlava poco, ma le sue rare parole, pacate e sagge, erano vangelo per la famiglia nei momenti difficili. Ora, in quella stanza, accanto al ritratto dei figli, c'è anche il suo, con quegli occhi pensosi e grandi. Anche lei, dopo meno di un anno, se ne andò in silenzio, portata via dal crepacuore, dietro a loro. Anche di lei bisogna ricordarsi oggi e sentirla a fianco di babbo Alcide.»

Quando si esaltano le glorie della Resistenza, si parla degli uomini che andarono volontari a morire, ma non si parla abbastanza delle donne che restarono a casa ad attenderli. Il loro silenzio, il loro muto dolore, l'ansia dietro la finestra socchiusa, l'inutile furtivo aggirarsi in cerca di notizie intorno alla prigione sbarrata, il pianto represso dietro un sorriso per non tradirsi: «Torneranno, non torneranno? Saranno vivi? Li avranno fucilati?»

«Ricordiamo oggi questa mamma, Genoveffa Cocconi, che per quei sette figli, dei quali Alcide fu la fortezza, fu la gentilezza e la carità.»

I padri, quando i figli muoiono, possono avere la forza di riprendere il loro posto. La vita li chiama ancora: le mamme è più difficile. Le mamme chinano la testa, e se ne vanno con loro, con le loro creature, in punta di piedi.

Il 28 dicembre 1943 quella scarica aveva spezzato anche il suo cuore di madre. Dietro la quercia della medaglia, dietro le sette stelle che brillano sul suo cielo, non ci sfugga che c'è nello sfondo, come un chiarore diffuso, questa dolce luce materna.
Questa è la storia della famiglia Cervi. In essa c'è come la sintesi delle virtù più preziose della Resistenza.

Vi è prima di tutto, nel fatto di questa famiglia, un'espressione esemplare di quella spontaneità popolare che è stato l'aspetto più sorprendente e più commovente della Resistenza. Mentre gli eserciti della monarchia si disfacevano, mentre gli stati maggiori nascondevano le divise gallonate, gli umili, i borghesi, i contadini, sentivano che era venuto il momento di ritrovarsi, di resistere, di provvedere da sé a salvare la libertà e la dignità del proprio Paese.

Questa è la meravigliosa scoperta della Resistenza: aver ritrovato ciascuno, al centro della propria coscienza individuale, il senso della responsabilità civile del cittadino e insieme il senso della solidarietà sociale verso tutti gli oppressi.

Aver riscoperto la dignità dell'uomo e l'universale indivisibilità di essa: questa scoperta della indivisibilità, della libertà e della pace per cui la lotta di un popolo per la sua liberazione è insieme lotta per la liberazione di tutti i popoli dalla schiavitù del denaro e del terrore, questo sentimento dell'uguaglianza morale di ogni creatura umana, qualunque sia la sua nazione o la sua religione o il colore della sua pelle, questo è l'apporto più prezioso e più fecondo di cui ci ha arricchito la Resistenza.

L'8 settembre quando cominciò spontaneo e non ordinato da alcuno, questo accorrere di uomini liberi verso la montagna, verso la *"macchia"* avvenne qualcosa di misterioso, che a ripensarlo oggi sembra un miracolo di cui si stenta a trovare la spiegazione umana.

Nessuno aveva ordinato l'adunata. Questi uomini accorsero da tutte le parti e si cercarono e si adunarono da sé. Quando si dice che la guerra partigiana si distingue da tutte le altre guerre perché fu una guerra fatta interamente da volontari, si dice la verità, ma non si dice tutto. Essa fu qualcosa di più: un'adunata spontanea e collettiva. Un movimento di popolo. Una iniziativa di popolo.

Non ci fu l'eroe, l'apostolo, il capo, il suscitatore che gettasse il primo grido, che suonasse il primo squillo, non ci fu un Garibaldi che ordinasse: *"Seguitemi."* Il fenomeno garibaldino fu un altro: aveva un nome, aveva un condottiero. Qui la chiamata fu anonima, non venne dal di fuori: era la chiamata di una voce diffusa come l'aria che si respira nei più generosi e nei più pigri, un'ispirazione che sussurrava dentro, che comandava dentro: *"Se sei un uomo, se hai dignità di uomo, questa è l'ora!"* E fu una sorpresa consolante, una sorpresa miracolosa il trovarsi dentro questa voce, questo misterioso tesoro che molti ignoravano di custodire dentro di sé. Questo accorgersi che uno stesso avvertimento parlava nello stesso modo al centro di ogni coscienza e che in fondo di ogni cuore c'era questa resurrezione della patria umana, in cui tutti gli uomini liberi si conoscevano e parlavano la stessa lingua.

Questi uomini, di qualunque fede e di tutti i partiti dicevano prima di morire tutti la stessa frase: *"Muoio per un'idea."* Ricordiamo le ultime parole di Guglielmo Jervis scalfite con la punta di uno spillo sulla copertina di una Bibbia ritrovata vicino al luogo ove fu fucilato: *"Non piangetemi, non chiamatemi povero. Muoio per aver seguito un'idea."*

Anche i Cervi morirono per un'idea. *"Un'idea."* Ma che cos'era quest'idea che comandava da dentro, che nello stesso istante si destava in ogni cuore e che per tutti era più forte della vita? Qualcuno ha parlato di *"partito"*, di *"religione"*. Ma perché la sentirono anche gli uomini che fino a quel momento non avevano appartenuto ad alcun partito o ad alcuna chiesa?

Quando consideriamo questo misterioso e miracoloso moto di popolo, questo volontario accorrere di gente umile, fino a quel giorno inerme e pacifica, che in un'improvvisa illuminazione sentì che era giunto il momento di darsi alla macchia, di prendere il fucile, di ritrovarsi in montagna per combattere contro il terrore, pensiamo a certi inesplicabili ritmi della vita cosmica, ai segreti comandi celesti che regolano i fenomeni collettivi. Come le gemme degli alberi che spuntano lo stesso giorno. Come certe piante subacquee che in tutti i laghi affiorano nello stesso giorno alla superficie per guardare il cielo primaverile. Come le rondini di un continente che lo stesso giorno s'accorgono che è giunta l'ora per mettersi in viaggio.

Era giunta l'ora di resistere. Era giunta l'ora di essere uomini: di morire da uomini per vivere da uomini.

E cominciò allora quella guerra partigiana, diversa da tutte le guerre conosciute prima. Quella guerra in cui non c'erano più combattenti perché tutti erano combattenti. Quella guerra in cui non vi erano più azioni militari perché i gesti della normale vita civile erano guerra, perché ormai la guerra aveva lo stesso volto di civiltà.

Anche per i Cervi, la Resistenza ebbe la stessa metodica pacatezza del loro lavoro, del lavoro dei campi. Fu, anch'essa un'opera giornaliera, per difendere e migliorare la loro terra, quando l'avevano dissodata, quando l'avevano livellata col trattore e ripulita dalle erbe maligne.

E qui c'è un secondo carattere da mettere in evidenza nel fatto dei fratelli Cervi: questa spontanea e subitanea partecipazione alla Resistenza dei ceti contadini, che costituì un fatto nuovo nella storia del nostro Risorgimento.

Nel Reggiano e nel Modenese i primi nuclei animatori della Resistenza, quelli che dettero la prima spinta, furono contadini: i fratelli Cervi erano contadini; fu la campagna a dare il primo esempio alla città. Mentre il primo Risorgimento italiano fu opera soprattutto dei ceti medi, mentre i moti di rivendicazione sociale ebbero sempre il primo impulso iniziale dagli operai delle fabbriche, il richiamo della Resistenza fu subito udito anche dagli uomini delle campagne.

La patria - come giustamente è stato scritto[17] - da concetto astratto e lontano, da privilegio delle classi dominanti stava così discendendo in ogni casolare e in ogni vallata e sempre più si identificava con la difesa di quella terra, con la libertà e la dignità del proprio lavoro, speso tutto per fecondare quelle zolle. Quelle zolle, sudate e seminate, lavoro diventato solco, erano la patria.

---

[17] Cfr. Roberto Battaglia, *Storia della Resistenza italiana*, Torino, 1953, pag. 209.

E un'altra cosa c'è da ricordare: che per i contadini la Resistenza si presentò da principio come un'opera di carità, di ospitalità, di fratellanza.

Giungevano da tutte le parti, attraverso le campagne i prigionieri fuggiaschi, inseguiti come selvaggina dalla polizia fascista: arrivavano i giovani ribelli che si rifiutavano di piegarsi al servizio degli invasori. Bussavano alle porte dei casolari. Quelle umili porte si aprivano in silenzio e i fuggiaschi trovavano in ogni catapecchia un pane e un letto.

Obbedivano in questo modo, i contadini a un'antica tradizione di ospitalità, al dovere di asilo verso il fuggitivo, al sentimento di carità cristiana che ordina di dare alloggio ai pellegrini. Ma obbedivano anche a sentimenti nuovi, che si destavano in loro, di solidarietà internazionale tra tutti i sofferenti, di pacificazione fraterna tra i perseguitati di tutti i paesi e di tutte le lingue.

C'erano affissi in ogni villaggio bandi minacciosi: *"Chiunque dia rifugio a prigionieri evasi sarà fucilato secondo la legge marziale."* Che importa? Quando di notte un fuggitivo sparuto e stracciato bussava all'uscio, nessuno pensava alla legge marziale: se aveva fame gli si dava un pane. Se era stanco gli si dava un giaciglio. Se era ferito le donne lo curavano. Quando un disperso chiedeva ospitalità, non gli si chiedeva di che paese fosse: l'ospite era sacro. Il povero divideva il suo pane con il più povero. Da casa Cervi in meno di due mesi passarono più di ottanta fuggiaschi di varie nazionalità, americani, sovietici, irlandesi, inglesi, francesi, polacchi, sudafricani, anche disertori tedeschi. Quelli validi, dopo essersi riposati e rifocillati, proseguivano per la montagna, dove i fratelli Cervi provvedevano ad indirizzarli verso i passi sicuri. Quelli feriti o malati erano ospitati fino a che non erano guariti. Un capitano dell'aviazione americana, ferito alle gambe durante un atterraggio forzato, rimase venti giorni nella loro casa, assistito dalle donne e curato clandestinamente da un medico locale.

Questi furono i misfatti per cui i fratelli Cervi furono fucilato. Sacrificarono la loro vita per aver obbedito a questo umano impulso di solidarietà fraterna verso il dolore, per questo desiderio di pace e di carità verso gli oppressi di tutti i popoli.

Questo è uno dei caratteri più significativi della Resistenza italiana nelle campagne: questa Resistenza nata dalla bontà, dall'umanità del nostro popolo. Gli stranieri lo sanno, lo hanno appreso quelli che ci sono stati per la loro esperienza. Così in tutta Italia, ovunque sono passati gli orrori della guerra.

In questo ricordo della Resistenza bisogna gridare ben forte questa verità. Bisogna ricordarlo agli immemori.

Una scrittrice inglese, sposata in Italia, la signora Iris Origo, pubblicò nel 1947 a Londra, per i suoi connazionali, un diario scritto in inglese sulla guerra in Val d'Orcia in cui descrive la naturale generosità dei contadini verso i prigionieri alleati: *"Qui c'è un uomo, e ce ne sono centinaia come lui, che ha corso il rischio di esser fucilato, ed ha spartito il mangiare con la sua famiglia fino all'ultimo boccone, e ha ospitato, vestito, protetto quattro stranieri per più di tre mesi e che continua a farlo, pur essendo consapevole dei rischi che corre. Che cosa è questo, se non coraggio e lealtà?"*

Che cosa è - diciamo noi - questo popolo italiano, capace di compiere con tanta spontaneità gesti così fraterni, se non un popolo di gente sensibile e civile, che a lungo andare non si dona col terrore e non si compra col denaro, ma che quando un ideale di solidarietà umana lo commuove, è pronto a dare risolutamente, senza ostentazione di eroismo, come fecero i fratelli Cervi, tutto il suo sangue per la causa comune?

Noi pensiamo che quando all'estero si dipingeva il nostro paese come se fosse alla vigilia di sovvertimenti e di conclusioni rivoluzionari, i governi stranieri avrebbero agito più saggiamente se, per sapere la verità sulle cose d'Italia, non si fossero rivolti per informazioni, invece che ai loro diplomatici che frequentavano i salotti dei ricchi, a quei loro stessi concittadini che fecero la guerra e che sfuggiti alla prigionia tedesca, trovarono scampo nelle campagne e conobbero in queste case disadorne ma ospitali, il cuore dei poveri.

Questi sarebbero, meglio degli amministratori, i testimoni che contano per saper che cosa chiede e che cosa attende il popolo italiano: nient'altro che lavorare in pace, per opera di pace, nei suoi campi e nelle sue officine e creare a sé il proprio destino e costruire da sé, giorno per giorno la propria libertà e la propria giustizia.

In quei giorni che babbo Cervi passò nella prigione di San Tommaso, prima di sapere che i suoi sette figli erano morti, egli disse, in quel suo linguaggio duro di contadino, parole solenni come una profezia.

«*Cervi s'alzò e cominciò a passeggiare. Ogni tanto agitava il suo grosso braccio di contadino, o si fregava un fianco quasi che lo tormentasse una maglia di lana. Parlava. I suoi erano modesti pensieri; ad un tratto disse:*
- Noi siamo così. Amiamo la libertà.
«- I miei sette figli - dichiarò - sono forti contadini. Non temono di tribolare, e se, consegnati ai tedeschi, verranno portati in Polonia, lavoreranno senza morire. Sono certo che torneranno.»

Dopo un momento di incertezza, continuò con vigore:

- «*Perché vi dico che presto questi muri cadranno, e i tormentatori del popolo prenderanno il posto dei tormentati, e noi torneremo alle nostre case e col lavoro rifaremo tutto quello che ci hanno distrutto*[18]...»

---

[18] Dal libro cit. di Arrigo Benedetti, pagg. 122-123.

Di lì a poco la profezia cominciò ad avverarsi. La notte dell'8 gennaio le mura della prigione si sbriciolarono sotto le bombe che cadevano dal cielo e i carcerati si trovarono anch'essi, nella notte, confusi colla folla fuggente che cercava scampo nelle campagne. Tra quei fuggiaschi correvano voci d'Apocalisse: "*I muri della prigione sono caduti in polvere... castigo di Dio... la città sarà bombardata sette volte per vendicare i sette fratelli Cervi... le bombe hanno scoperto la poca umanità con cui gli assassini li avevano ricoperti in fretta dopo la fucilazione. I loro sette volti, così diversi e pur così familiari, erano riapparsi.*"

In quel cataclisma di crolli e di incendi, correva ancora come una ventata vendicatrice l'antico squillo:

Si scoprono le tombe,
si levano i morti.

Le tombe dei Cervi si erano scoperte. I fratelli Cervi si erano levati. Tornavano ai loro campi. Tutti e sette, dietro il loro babbo. Tutti e sette, invisibili ma presenti dietro di lui, dentro di lui, riassunti e ricomposti in lui.

«*Perché vi dico che presto questi muri cadranno; e i tormentatori del popolo prenderanno il posto dei tormentati, e noi ritorneremo alle nostre case e col lavoro rifaremo tutto quello che ci avete distrutto.*»

Sì, babbo Cervi, la profezia continuerà ad avverarsi.

Altre mura cadranno, fatalmente senza bisogno di spargere altro sangue. Cadranno le mura della miseria. Cadranno le mura del privilegio. Cadranno le mura dell'ignoranza. Cadranno le mura dei nazionalismi. Cadranno le mura dei fortilizi. Cadranno le mura della guerra: "*e noi ritorneremo alle nostre case e col lavoro rifaremo tutto quello che ci hanno distrutto.*"

Alcide Cervi! I nipoti sono già uomini: il vuoto di una generazione è colmato. Sui rami troncati del vecchio ceppo spuntano le foglie nuove.

Nonno Cide! Con uomini come te il mondo si salva. Con uomini come te, un nuovo mondo si crea. Non bisogna piangere i tuoi figli: felici loro che hanno lavorato fino all'ultimo istante per creare un mondo migliore.

Italiani della Resistenza! Onoriamo ma non compiangiamo il padre di questi figli. Se qualcuno deve compiangere, compiangiamo i padri dei loro fucilatori[19].

---

[19] Le notizie sui fratelli Cervi contenute nel discorso sono tratte dal libro sopra ricordato di Arrigo Benedetti, nonché dalle seguenti fonti: *Albo d'oro dei partigiani della provincia di Reggio e caduti nella guerra di Liberazione 1943 - 45* (Modena, 1950) pagg. 80-83; *Reggio Emilia, medaglia d'oro al valore militare per la Resistenza* (Reggio Emilia, 1950) pag. 15; Vittorio Pellizzi e Guerrino Franchini, *L'epopea dei sette fratelli Cervi*, sul quindicinale "Patria", dicembre 1953; *Mazzacurati prepara la medaglia per papà Cervi*, ivi; Italo Calvino, *visita alla casa dei sette fratelli Cervi* in "l'Unità" del 28 dicembre 1953 e in "Patria" dicembre 1953; Gian Carlo Fusco, *Gli uccisero i sette figli*, in "Europeo", 3 gennaio 1954; Luigi Einaudi, *Il vecchio Cervi*, sul "Mondo", 16 marzo 1954.

EPIGRAFI SPARSE

ANTONIO DOMENICO PETRUZZA

2.1.1922   24.8.1944

che con coraggio ha sacrificato
la propria vita per difendere
la Patria durante la resistenza

VENA 25 APRILE 2018

L'AMMINISTRAZIONE COMUNALE

Lapide sita in Via Vittorio Emanuele III, Vena di Maida.

In memoria del Vice Brigadiere dell'Arma
A

ANTONIO DOMENICO PETRUZZA

2.1.1922   24.8.1944

CHE

nella lotta per la Libertà e l'Indipendenza contro i fascisti e i
tedeschi

DIEDE

esempio di virtù militari e di eroismo e cadde a Venaria Reale
(Torino)
IL 24.8.1944

Alla vigilia della Liberazione
i suoi concittadini
a perenne ricordo e riconoscenza e come monito ai potenti

Posero

ADDÌ 10.5.1953

Lapide murata nel Palazzo Comunale di Nicastro.

Perché superiore all'ingiuria del tempo il ricordo rimanga di

VINICIO CORTESE

che a vent'anni lasciò la casa e scuola combatté da prode soffrì
carcere e persecuzione nazista quindi ribattezzatosi nel nome e
nello spirito alla luce della macchia partigiana
il 26 agosto 1944 in Ozzano Monferrato
bruciava volontariamente la sua giovinezza ricca di promesse in
epico contrasto con la tedesca rabbia

la sezione di Nicastro

al concittadino assurto nei cieli della leggenda e dell'eroismo
questa lapide pone
perché valga come monito ed insegnamento
ai figli che verranno

NICASTRO 25 APRILE 1945

Lapide murata nel Palazzo Comunale di Nicastro.

Da questa casa
ove nel 1925
il primo foglio clandestino antifascista
dette alla Resistenza la parola d'ordine
Non mollare
fedeli a questa consegna
col pensiero e coll'azione

CARLO e NELLO ROSSELLI

soffrendo confini carceri esilii
in Italia in Francia in Spagna
mossero consapevoli per diverse vie
incontro all'agguato fascista
che li raggiunse nel sacrificio
il 9 giugno 1937

a BAGNOLES DE LORNE

ma invano s'illusero gli oppressori
di aver fatto la notte su quelle due fronti
quando spuntò l'alba
si videro in armi
su ogni vetta d'Italia
mille e mille col loro stesso volto
volontari delle Brigate Rosselli
che sulla fiamma recavano impresso
grido lanciato da un popolo all'avvenire

GIUSTIZIA E LIBERTÀ

Epigrafe sulla loro casa, in Firenze, Via Giusti n° 38.

GIUSTIZIA E LIBERTÀ

per questo morirono
per questo vivono

Epigrafe sulla loro tomba, nel cimitero di Trespiano (Firenze).

Non più Villa Trieste
se in queste mura
spiriti innocenti e fraterni
armati sol di coscienza
in faccia a spie torturatori carnefici
vollero
per riscattare vergogna
per restituir dignità
per non rivelare il compagno
languire soffrire morire

Epigrafe sulla villa di Via Bolognese, a Firenze (dove fu la sede della banda Carità) nella quale Enrico Bocci fu torturato: e che fu chiamata in quei mesi "Villa Trieste."

GIANFRANCO MATTEI

Docente universitario di chimica
nell'ora dell'azione clandestina
fece della sua scienza
arma per la Libertà
comunione col suo popolo
silenziosa scelta del martirio
su questa casa ove nacque
rimangono incise
le ultime parole scritte nel carcere
quando sottrasse al carnefice
e invitta consegnò all'avvenire
nei cieli cui non giunge tortura
la certezza della sua fede
«Siate forti - come io lo fui»

Epigrafe sulla casa di Milano, ove nacque l'11 dicembre 1916 Gianfranco Mattei. Dati biografici su di lui nel vol. "Lettere di Condannati a morte", pag. 139.

La madre
quando la sera tornavano dai campi
sette figli ed otto col padre
il suo sorriso attendeva sull'uscio
per annunciare che il desco era pronto
ma quando in un unico sparo
caddero in sette dinanzi a quel muro
la madre disse
non vi rimprovero figli
d'avermi dato tanto dolore
l'avete fatto per un'idea
perché mai più nel mondo altre madri
debban soffrire la mia stessa pena
ma che ci faccio qui sulla soglia
se più la sera non tornerete
il padre è forte e rincuora i nipoti
dopo un raccolto ne viene un altro
ma io sono soltanto una mamma
o figli cari
vengo con voi

Epigrafe dettata per il busto, collocato nella Sala del Consiglio del Comune di Campegine, di Genoveffa Cocconi, madre dei sette fratelli Cervi morta di dolore poco dopo la loro fucilazione.

A pochi metri dell'ultima cima
avvolta nel nembo
qualcuno più saggio disse scendiamo
ma Livio comanda
quando un'impresa si è cominciata
non vale saggezza
a tutti i costi bisogna salire
dalla montagna nera
dopo dieci anni dal primo convegno
s'affacciano le ombre in vedetta
l'hanno riconosciuto
sventolano i verdi fazzoletti
ricantan le vecchie canzoni
è Livio che sale
è il loro capo
che per non rinunciare alla vetta
tra i morti giovani
giovane anch'egli
è voluto restare
asciughiamo il pianto
guardiamo su in alto
in cerca di te
come ti videro i tedeschi fuggenti
fermo sulla rupe
le spalle quadrate montanare
la maschia fronte ostinata
l'occhio acceso di fiera dolcezza
facci un cenno Livio
se vacilleremo
a tutti i costi bisogna salire
anche se questo
è
morire

Epigrafe per la morte di Livio Bianco avvenuta nel luglio del 1953 per una sciagura di montagna.

Dall'XI Agosto MCMXLIV
non donata ma riconquistata
a prezzo di rovine di torture di sangue
la Libertà
sola ministra di giustizia sociale
per insurrezione di popolo
per vittoria degli eserciti alleati
in questo palazzo dei padri
più alto sulle macerie dei ponti
ha ripreso stanza nei secoli

Epigrafe apposta dopo la Liberazione sulla parete di Palazzo Vecchio che guarda Via dei Gaudi.

MANTOVA

Sulle fosse del vostro martirio
negli stessi campi di battaglia
o suppliziati di Belfiore
o volontari di Curtatone e Montanara
dopo un secolo
Mantova vi affida
questi suoi caduti della guerra partigiana
come voi sono andati incontro alla morte
a fronte alta con passo sicuro
senza voltarsi indietro
accoglieteli ombre fraterne
sono della vostra famiglia
mutano i volti dei carnefici
Radetzky o Kesselring
variano i nomi delle Liberazioni
Risorgimento o Resistenza
ma l'anelito dei popoli è uno
nella storia dove i secoli sono attimi
le generazioni si trasmettono
questa fiamma ribelle
patiboli e torture non la spengono
dopo cent'anni
quando l'ora spunta
i cimiteri chiamano Libertà
ogni tomba balza una giovane schiera
l'avanzata riprende
fino a che ogni schiavitù sarà bandita
dal mondo pacificato

Epigrafe murata nella Sala del Palazzo Provinciale di Mantova nel primo decennale della Resistenza, giugno 1954, cfr. "Mantova Partigiana", 1943 - 1945, a cura dell'A.N.P.I. di Mantova (1952).

CUNEO

Ritorno di Kesselring

Non è più vero non è più vero
o fucilati della Resistenza
o innocenti arsi vivi
di Sant'Anna e di Marzabotto
non è più vero
che nel rogo dei casali
dietro le porte inchiodate
madri e creature
torcendosi tra le fiamme
urlavano disperatamente pietà
ai camerati guastatori
che si gloriarono di quelle grida
sia resa al fine giustizia
riprendano torce ed elmetti
si schierino in parata
altri borghi dovranno essere accesi
per la felicità del mondo
non più fiori per le vostre tombe
sono stati tutti requisiti
per fare la fiorita
sulle vie del loro ritorno
li comanderà ancora
coll'onore militare
cucito in oro sul petto
il camerata Kesselring
il vostro assassino
il monumento a Kesselring
lo avrai
camerata Kesselring
il monumento che pretendi da noi italiani
ma con che pietra si costruirà
a deciderlo tocca a noi
non sassi affumicati

dei borghi inermi straziati dal tuo sterminio
non colla terra dei cimiteri
dove i nostri compagni giovinetti
riposano in serenità
non colla neve inviolata delle montagne
che per due inverni ti sfidarono
non colla primavera di queste valli
che ti videro fuggire
ma soltanto col silenzio dei torturati
più duro d'ogni macigno
soltanto con la roccia di questo patto
giurato fra uomini liberi
che volontari si adunarono
per dignità non per odio
decisi a riscattare
la vergogna e il terrore del mondo
su queste strade se vorrei tornare
ai nostri posti ci ritroverai
morti o vivi collo stesso impegno
popolo serrato intorno al monumento
che si chiama
ora e sempre
RESISTENZA

Epigrafe murata nel Palazzo Comunale di Cuneo il 21 dicembre 1952.

ARMATI DI FEDE E NON DI GALLONI

All'ombra di queste montagne
il 12 settembre 1943
pochi ribelli qui convenuti
armati di fede e non di galloni
furono la prima pattuglia
della Resistenza piemontese
che dopo due inverni
con Duccio e Livio al comando
per ogni caduto cento sopraggiunti
diventò
l'esercito di Giustizia e Libertà
dilagante vittorioso in pianura
nel primo decennale
i vivi salutano i morti
dormite in pace compagni
l'impegno di marciare insieme
verso l'avvenire
non è caduto

Epigrafe murata sulla Chiesa di Madonna del Colletto, inaugurata il 27 settembre 1953 con un discorso di Ferruccio Parri. Cfr. "Madonna del Colletto" (Valdieri), Convegno della Resistenza, 27 settembre 1953 (opuscolo con articolo di Adolfo Ruata).

CONTRO OGNI RITORNO

Inermi borgate dell'Alpe
asilo di rifugiati
prese d'assalto coi lanciafiamme
arsi vivi nel rogo dei casali
i bambini avvinghiati alle madri
fosse notturne scavate
dagli assassini in fuga
per nascondervi stragi di trucidati innocenti
questo vi riuscì
S. Terenzo Bergiola Zeri Vinca
Forno Mommio Traverde S. Anna S. Leonardo
scrivete questi nomi
sono le vostre vittorie
ma espugnare queste trincee di marmo
di dove il popolo apuano
cavatori e pastori
e le loro donne staffette
tutti armati di fame e di libertà
vi sfidava beffardo da ogni cima
questo non vi riuscì
ora sul mare son tornati al carico i velieri
e nelle cave i boati delle mine
chiaman lavoro e non guerra
ma questa pace non è oblio
stanno in vedetta
queste montagne decorate di medaglie d'oro
al valore partigiano
taglienti come lame
immacolato baluardo sempre all'erta
contro ogni ritorno

Epigrafe scolpita sul marmo della stele commemorativa delle Fosse del Frigerio del 21 ottobre 1954.

Non rammaricatevi
dei vostri cimiteri di montagna
se giù al piano
nell'aula ove fu giurata la Costituzione
murata col vostro sangue
sono tornati
da remote caligini
i fantasmi della vergogna
troppo presto li avevamo dimenticati
è bene che siano esposti
in vista su questo palco
perché tutto il popolo
riconosca i loro volti
e si ricordi
che tutto questo fu vero
chiederanno la parola
avremo tanto da imparare
manganelli pugnali patiboli
vent'anni di rapine due anni di carneficine
i briganti sugli scanni i giusti alla tortura
Trieste venduta al tedesco
l'Italia ridotta un rogo
questo si chiama governare
per far grande la patria
apprenderemo da fonte diretta
la storia vista dalla parte dei carnefici
parleranno i diplomatici dell'asse
i fieri ministri di Salò
apriranno
i loro archivi segreti
di ogni impiccato sapremo la sepoltura
di ogni incendio si troverà il protocollo
Civitella Sant'Anna Boves Marzabotto
tutte in regola
sapremo finalmente
quanto costò l'assassinio
di Carlo e Nello Rosselli

ma forse a questo punto
preferiamo rinunciare alla parola
peccato
questi grandi uomini di Stato
avrebbero tanto da raccontare

Epigrafe pubblicata sul "Ponte" dopo le elezioni politiche del 7 giugno 1953.

ALTRE FONTI ARCHIVISTICHE CONSULTATE

- Lettere di condannati a morte della Resistenza italiana (8 settembre 1943 - 25 aprile 1945), a cura di Piero Malvezzi e Giovanni Pirelli (Einaudi 1952).
- Lettere della Resistenza europea (Einaudi 1974).
- Lettere di antifascisti dal carcere e dal confino (Editori Riuniti 1962).
- Battaglia-Garritano, Breve storia della Resistenza italiana (Editori Riuniti 1964).
- Filippo Caruso, Carabinieri d'Italia. Esempi, Martirio, Gloria, (Hoepli, Roma 1948).
- Carlo Cassola, La ragazza di Bube (Einaudi 1960).
- Marisa Diena, Guerriglia e Autogoverno: brigate Garibaldi nel Piemonte occidentale, 1943 – 1945, Parma, (Guada 1970).
- Antonio Gramsci, Lettere dal carcere (Stamperia Artistica Nazionale, Torino 1947).
- Carlo Levi, Cristo si è fermato a Eboli (Einaudi 1945).
- Liebknecht – Luxemburg, Lettere 1915-1918 (Editori Riuniti, Roma 1967)
- Miriam Mafai, Pane nero (Arnoldo Mondadori editore, Milano 1987).
- Teresa Noce, Gioventù senza sole (Editori Riuniti, Roma 1950).
- Milan - Vighi, La Resistenza al fascismo. Scritti e testimonianze

(Feltrinelli, Milano 1955).

- Pietro Secchia, Il Partito comunista italiano e la guerra di Liberazione (Istituto Giangiacomo Feltrinelli 1971).
- Angelo Tasca, Nascita e avvento del fascismo (La Nuova Italia, Firenze 1950).

Abbiamo cercato, non senza difficoltà, di raccontare la Resistenza affinché la memoria storica non si perda.

I protagonisti della Resistenza hanno lottato, hanno sofferto, hanno sopportato il carcere, hanno resistito alle torture, hanno affrontato a viso aperto la morte per un mondo migliore perché il mondo potesse cambiare.

Forse è cambiato poco. Forse...

L'autore ritratto insieme alla nipote Maria Colistra.
Maria Colistra, con il fratello Antonio, in atto, vive negli Stati Uniti d'America. Il Presidente Eisenhower nel corso della guerra per la Liberazione dopo lo sbarco in Normandia, riuscì a conciliare le esigenze spesso contrastanti della tecnica e della strategia moderne. Durante le conversazioni a casa da mio padre sentivo dire che "nei confronti

dell'URSS condusse una politica decisa ma non aggressiva, ricusando ogni crociata armata contro il comunismo". Crociate ideologiche sì – come quasi tutti i presidenti succedutisi alla Casa Bianca – durante la "Guerra fredda"! vittima di questa politica fu pure mio padre, anche se "dopo lo sbarco in Sicilia" collaborò con gli americani che gli conferirono l'incarico di Commissario straordinario per l'alimentazione del comprensorio di Maida dal momento che era stato antifascista e conosceva la lingua inglese.

INDICE

www.ingramcontent.com/pod-product-compliance
Lightning Source LLC
Chambersburg PA
CBHW061250170626
46809CB00007B/2929